文芸社セレクション

女神の罪

倉島 知恵理

KURASHIMA Chieri

文芸社

目次

プロローグ

ギリシャ神話に登場するヒュギエイアとパナケイアは医神アスクレピオスの娘である。姉妹については諸説あるが（三人あるいは五人姉妹説）、姉のヒュギエイアは衛生の女神、妹のパナケイアは治癒の女神と伝えられている。歴史的彫刻や絵画に残されている姿から推測すると、父の一番弟子であるヒュギエイアは人々から崇拝されていたらしい。一方、パナケイアはやや印象が薄く、語り継がれるエピソードも少ない。

姉妹は父の供で礼拝者の身体を癒す仕事に就いていた。しかし、アスクレピオスの息子たちがそれぞれ内科と外科領域を分担していたのに対し、娘たちの日常的な仕事は薬学であったとする説はあるものの、人物像の詳細はベールに包まれている。

高名な医師の美しく有能な娘たちがお互いのことを実際にはどう思っていたのか……、その関係性について思いを巡らせたくなるのは人情だろう。何故なら、ギリシャ神話の世界では様々な登場人物（神々）の色恋や嫉妬など人間臭い面が数多く描かれているにもかかわらず、この姉妹の感情については意外なほど淡泊なのである。

その理由は二人の関係が良好であったためと思われるが、現代に生きる者としては、仕事上の協力とは別の複雑な駆け引きが存在したのではないかと想像したくなる。例えば、ライバル意識むき出しだったかもしれないし、愛情をかき消すほどの憎しみさえ抱いていたかもしれない。人が心の襞に秘める負の感情は些細なきっかけから暴発に至る。そして、この物語に登場する姉妹に見るような精神の消耗と歪みを生じることさえある。

その歪みが病的であると判断されるかどうかは、時代背景や人間関係を含む社会的環境と人々の意識によって大きく左右される。21世紀の現在、その線引きが如何に難しいかという問題に私たちは直面している。

招かれざる同居人

それは２０１９年秋の出来事だった。

彼女の名前は塚本杏里、27歳、医学部卒業後に大学院で病理学を専攻して３年目になる。夕方５時過ぎ、病院の病理検査室で杏里が帰り支度をしているところに、先輩で友人でもある森川由香が入ってきた。由香は30歳、医学部の隣にある歯学部病理の助教である。杏里が病理学教室に出入りするようになった頃、最初に担当した剖検の指南役としてサポートしてくれたのが由香だった。今では、細かいところまでわざわざ説明しなくてもお互いの胸の内を理解し合える仲である。

由香が言った。

「ねぇ、聞いてよ。今日、昼休みに駅前の郵便局に行ったら、顔見知りの局員さんが困り顔で言うの、『病院の先生のお忘れ物だと思うんですが……』って。見たら、それがなんと昔のカルテ！」

由香は相手の興味を引き付けるための間を置いてから、批判することを楽しむような口調で続けた。

「たぶん研究論文の参考用にプリントアウトして持っていたのだろうけど、門外不出の個人情報を置き忘れるなんて危機感なさすぎだよね。たぶんこのアホな奴のおかげで、私たちスタッフがまた叱られて締め付けられるんだ。ＳＴＡＰ細胞が大騒ぎになった時みたいに、論文審査がもっと厳しくなってめんどくさくなるんだよ。これから博士論文を提出する大学院生は大変だ。アンリ先生も論文審査では迷惑を被るかもよ」

　杏里は片付けの手を止めずに応えた。

「ＳＴＡＰ細胞事件の時は関係者が自ら命を絶つ悲劇が起きたし、英国のネイチャー誌に載った論文も取り下げになっちゃって、日本人としてちょっと恥ずかしいですよね」

　それから、論文別刷りの束をバッグに入れようと手を伸ばしながら続けた。

「あの時は、そもそも事件を起こした中心人物の博士論文からして疑わしいということになって、そのおかげで、どこの大学でもデータの捏造・使い回しやコピペにものすごくうるさくなった。でも、それは悪いことじゃないと思いますよ。不正を見逃してきた指導者側がお叱りを受けるのはしょうがないですよ、ユカ先生」

由香は杏里の感想に頷きながら再び口を開いた。

「あの論文の真偽についてだけど、当時の調査委員会が発表したSTAP細胞の正体は、受精卵由来で如何様にも分化しうるES細胞（胚性幹細胞）のコンタミ（混入）だったというお粗末な説明だった。それで蓋をしちゃった。厄介な問題は早く幕引きにして忘れたかったたんだろうね」

由香は何か思い出したように身を乗り出すと、続けて言った。

「でもさ、この話、知ってる？　当時、世界中の科学者があの論文と同じ方法を試みてもSTAP細胞を再現できなかったのは周知の事実。にもかかわらず、ある種の物理的刺激だけで細胞が初期化されるっていう『夢の仮説』はまだ生き残っているんだってさ」

「へぇー、そうなんですか」

「うん。もしも世界の何処かで誰かが本物のSTAP細胞作製に成功して、その仮説を証明できたら、iPS細胞の山中先生もびっくりだよね。アメリカのアカデミアでは『その時』に備えて、ちゃっかりパテント取得しているんだって。さすが抜かりないよねぇ。だから日本は出し抜かれちゃうんだ」

杏里は同意を示すように片付けの手を止めて言った。

「もし、今度こそ本物のSTAP細胞ができましたっていう報告が海外から飛び込んできたら、日本人としてはショックというか悔しいですね。あの時さっさと蓋をした人たちはどう思うのかしら、あんまり考えたくないけど……」

そして杏里が立ち上がると、由香が目を輝かせて言った。

「ねぇ、もう仕事終わったんなら、これから飲みにいかない？」

「ごめん、これから当直のバイト」

「そっかー、じゃ、誰か誘うわ。そっちは夜中に重症患者が出ないといいね。当直医が実は臨床経験ほぼゼロの病理医だってこと、患者は知らないんだから」

杏里は少し硬い表情になって応えた。

「ですよね……」

「あぁそうだ、以前うちの病院に中国から来ていた先生が連絡くれたんだ。今、中国でSARSみたいな得体の知れない感染症がまた出ているらしいっていう噂だよ」

「中国のどの辺ですか？」

「さぁね、何省か忘れたけど中国の右半分の真ん中あたりだったかな。中国ってさ、野生のコウモリとかハクビシンとかを生きたまま食肉市場で売ってるでしょ、だから感染症は何でも『あり』の世界。今は限定的って言われてる鳥インフルだって、人に感染しだしたら大変だよ。ほら、日本でも2年くらい前にマダニに刺された野良猫に咬まれた女性がＳＦＴＳ（マダニが媒介するウイルス感染症、重症熱性血小板減少症候群）を発症して亡くなったことがあったでしょ。女性を咬んだのがマダニじゃなくて猫だったのはヤバい。つまり、ウイルスが哺乳類から哺乳類に感染した。そうなると、いずれ人から人に感染するようになる。だから、もしかすると中国の『ＳＡＲＳもどき』だって既に日本に紛れ込んでいるかもしれないし、来年にはパンデミックが起きるかもしれないよ」

杏里の顔に不安の影が過るのを感じた由香は慌てて言った。

「ゴメン、妄想が膨らんで悪乗りしちゃった。とりあえず今夜の当直は大丈夫よ、アンリ先生は優秀なんだから。救急処置が必要な患者が出た時にはよく観察して、自分の力で対処できるかどうかを速く判断すればいい。手に負えないかもしれないと思ったら、迷わず直ぐに応援要請すること。それができればＯＫよ」

頷いた杏里は更衣室の前で由香と別れた。

実際、杏里が当直医のアルバイトをしている板橋の病院は中規模の老人病院で、これまでも自分の出番はほとんどなく、明け方に死亡確認の仕事が1例ある程度だった。こうして、一刻を争う救命救急処置を要する事態がほぼ皆無であることに、臨床経験の浅い杏里は助けられていた。認知症の男性患者が女性の病室に入り込もうとするのを阻止するために、看護師と交代で見張り役をすることはあったが、生死に関わる仕事をする機会は滅多になかったのである。

その夜までは……。

文献を読んでいるうちに、いつの間にかうとうとしていた杏里は緊急コールのけたたましい音に跳びあがった。

「はいっ」

「先生、内科の入院患者さんが大変です。79歳の男性です」

「さっき引き継ぎの時、重症患者はいないって聞いたけど……、とにかく直ぐ向かいます。バイタルはどうなの？」

立ち上がりながら杏里がそう言うと、コールの相手が囁くように答えた。

「それが……わかりません」

「えっ、どうして？」

杏里の質問に震える声が返ってきた。

「首を吊っています」


病室に駆けつけると、開け放たれた個室のドアの前に二人の女性看護師が廊下に背を向けて立っていた。彼女たちの肩越しに室内を覗くと、力なく垂れた両足が見えた。片足の親指の先からは失禁した尿がポタポタと床に垂れていた。傍には来客用の丸椅子が転がっていた。ベッドの左側、病室の出入り口から遠い側の仕切り用カーテンレールが外れて折れ曲がっていた。患者は最初カーテンレールに引っ掛けたズボンの両脚の裾を縛って輪を作り首を吊ろうとしたらしい。ところが、レールは成人男性の体重に耐えるようにはできていなかったため、直ぐに外れてしまった。

そこで患者はベッドの右側に回り、来客用の丸椅子をベッドにのせてそこに立った。それから、洗濯物を干すためのナイロンロープを今度はレールではなくレールを保持している天井のフックに掛けた。そして、輪にしたロープを首にかけたままベッドから降りた。おそらくそんなところだろう。

杏里は思った。

『このナイロンロープは私物なのだろうか……。それにしても、一度失敗してもめげずに再挑戦するとは大した実行力だ』

「この状態を発見する前、最後の見回りは何時？」

杏里の質問に一人の看護師が時計を確かめながら答えた。

「今から45分くらい前です。特に変わった様子はなかったです」

そう答えた看護師に向かって杏里は尋ねた。

「だとすると、次の見回りまではまだ時間があるけど、どうして異変に気付いたの？」

看護師は身を乗り出して言った。

「音です、一度だけ、ガシャンっていう。その時は徘徊患者を追いかけているところだったので、そっちを解決してここに戻りました。音を聞いてから10分くらい経っていたと思います」

「椅子が床に転がった音だったのかもね」

そう呟いた杏里の胸中を『その瞬間にロープを切っていれば助かった』との思いが過った。それを口に出して言う代わりに、現在の位置関係で手が届く患者手首の橈骨動脈触診を試みた。拍動は触知できなかった。既に手遅れであることは明らかだった。

しかし、医師としては救命措置をしなければならない。そのためには患者を降ろすのが先決だ。

『待てよ、その前に警察を呼ぶべきだろうか……、いや、患者本人が自死を選択実行したことは明らかだから、警察よりも医療が先だ』

杏里は張りつめた声で言った。

「上背と腕力のある看護師か医者か、とにかく天井に届きそうな人なら誰でもいいから呼んできて。患者さんを早く降ろして楽にしてあげましょう」

数分後、ワイシャツ姿の医師と思われる長身の男性が駆けつけた。

「精神科の佐山（さやま）です。ステーションの前を通りかかったら呼び止められて……」

ぶら下がる遺体を目にした佐山は次の言葉を飲んだ。

杏里は努めて事務的に言った。

「当直医の塚本です。この患者さん、降ろしてあげたいので手伝ってください」

我に返った佐山はズボンのポケットから自分のスマホを取り出して答えた。

「わかりました。でもその前に、この状況を写真に撮っておいた方がいいです。後で警察に事件性のないことを伝えなければなりませんから」

「そうですね」

　写真を撮り終えた佐山がベッドに乗って患者の首からロープを外す間、杏里は看護師と一緒に患者の体幹部を支えていた。ロープが外れた瞬間、まだ死後硬直が始まっていない首ががっくりとうつむいて、死顔が下を見下ろすと同時に杏里に覆いかぶさった。遺体の半開きの口からは、茶色っぽい泡状の粘液がドロリと垂れて杏里の頭と肩に流れ落ちた。内心パニックに陥った杏里は目を閉じてその凄まじい不快感をひたすら堪え続けた。

　死者をベッドに横たえてから佐山が杏里に向かって言った。

「心マッサージは僕が……、でも、この様子じゃ死亡診断書を書くことになるでしょう。地下に職員用の風呂がありますから、塚本先生はどうぞ行ってください」

「えっ、いいんですか？」

「構いませんよ。この患者さんのことはよく知っているんです。急性膵炎で入院したんですが、うつ病の症状があって僕も診ていましたから。塚本先生はバイトでしょ、警察へは僕が連絡しますからご心配なく」

　会釈した杏里は頭を押さえて逃げるように病室を後にした。

髪を洗って白衣を着替えた杏里が大急ぎで先ほどの病室へと駆け戻った時、すべてが片付け終わって元通りになっていた。ただ一つ、折れ曲がったカーテンレールだけが数時間前の出来事を物語っていた。当直医の仕事を全うできなかったという恥ずかしさと自己嫌悪に打ちのめされて廊下をとぼとぼ歩いた。

杏里が当直室に戻ってしばらくすると佐山がやってきた。

「警察への説明は無事に終わりました。こういうことは時々あるので、自死が明白な場合は警察もうるさいことは言いません。今、ご遺体は霊安室です。もし、ご家族の承諾があれば、当院で剖検（病理解剖）がおこなわれることになりますが、最近はそうならないことが多いです。念のため塚本先生にも死亡診断書を確認していただこうと思って……、これでいいですか？」

死因の欄には「縊死（いし）」とだけ書かれていた。杏里は佐山の手に死亡診断書を返し、伏し目がちになって言った。

「ありがとうございました。私がしなければならないことを佐山先生にさせてしまって、申し訳ないです」

杏里は自分が情けなくて、思わず涙ぐんでしまった。佐山は落ち込んでいる杏里を気遣うように優しく言った。

「大丈夫ですよ。お役に立つことができて良かったです。僕、どうせ研究室に泊まるつもりだったんで、今夜の当直、あと3時間引き継ぎますから塚本先生は帰っていいですよ。お宅はここから遠いんですか?」

「いいえ、川口ですから、御茶ノ水に戻るより近いです」

　杏里が顔を上げてそう答えると、二人の視線が一瞬絡んだ。佐山は慌てたように自分の目線を床に落として言った。

「あの……髪の毛、早く乾かした方がいいですよ。風邪をひかないように」


　その後、杏里はバイトで何度か同じ病院の当直医を務めたが、佐山と再び会うことはなかった。数週間後、博士論文の仕上げのため後輩にバイトを譲ることになった杏里は改めて佐山にお礼をするべきか迷ったものの、忙しさに流されてそのままになっていた。

　そんなある日、研究室の電話が鳴った。杏里が受話器を取ると、事務職員が言った。

「板橋の老人病院精神科の佐山先生から病理の塚本先生に外線です。受けますか?」

「はい」

杏里が答えると佐山の声が聞こえてきた。

「お久しぶりです。代表番号に掛けたら不審者扱いされてしまいました、先生のスマホを聞いておくべきでした」

「その節は大変お世話になりました。改めてお礼するべきだったのにご挨拶せず、申し訳ありませんでした」

杏里の丁寧なお詫びに戸惑った様子の佐山が言った。

「いやぁ、そんなことは忘れてください。今お電話したのはですね、明日の午後、勉強会でそちらの大学に行く予定があるので夕食でもどうかなと思いまして……」

「あぁ……はい、たぶん大丈夫です」

「『たぶん』ということは先約があるのですね。それならまた別の機会にしましょう」

「い、いいえ、いつもの女子会ですからいいんです」

慌ててそう答えた杏里は自分の携帯番号とメアドを伝えた。

「それじゃ、明日の午後6時頃、今度は携帯に掛けさせていただきます。念のため僕の番号とメアドを送っておきますね」

佐山はそう言って電話を切った。思いがけない誘いに杏里はじわじわと気分が高揚するのを感じた。数少ない私服の中から、明日はどれを選ぼうかと思いを巡らせた。

無難なスーツにするかフェミニンなワンピースに挑戦するか……、あぁダメだ、靴とバッグが葬式用しかないぞ、頭の中がごちゃごちゃだ。こんな気持ちは大学生の時以来である。

それからふと我に返った杏里は由香に電話して明日の女子会欠席を伝えた。

「えーっ、それってデート？　超堅物のアンリ先生を誘うとは怖いもの知らずの『強者現る』だね。こっちのことは気にしなくていいよ」

由香が楽しそうにそう言ったので、杏里は経緯を説明した。

「ほら、この前ユカ先生に話した、バイト先で患者が自殺した時に助けてくれたドクターなんですよ。お礼をしなくちゃならないところだったから、私がおごることにすれば、ちょうどいいと思って」

すると、由香は鼻を鳴らして反論した。

「それって確かプシ（精神科）のドクターだって言ってた人でしょ？　あの人たちって不思議な人間が多いんだよ、突然何の脈絡もなく笑いだしたりしてさ。ああゆう仕事してると、やっぱり自分も少し『変』になっちゃうのかもね……」

「それは偏見ですよ」

杏里がやんわりと批判すると、由香は意外な切り返しをしてきた。

「おやおや、アンリさん、まさか恋してる？」

「そんなんじゃありません」

由香の勘の鋭さに少し驚いてそう答えた杏里に対して、由香は勢いづいて話し出した。

「案外わかんないもんよ。その先生って、遺体の吐瀉物を浴びたアンリ先生の姿を見て気に入っちゃう変態かもしれないし」

「えーっ、それちょっと嫌かも……」

気分を害した杏里がそう呟くと、由香は楽しそうに続けた。

「とにかくですね、病理屋は腫瘍や梗塞みたいな器質的病変を相手にしているのに対して精神科はまったく別のテリトリーで仕事してるの。我々にとっては異星人だと思った方がいいかもよ」

「ユカ先生の言うこと、よくわかりません」

「そのうちわかるよ。例えばシゾ（統合失調症）の患者がＳＤＡＴ（アルツハイマー型老人性認知症）を発症した場合、我々は剖検（死後の病理解剖）でディメンツ（認知症）を裏付ける所見を発見することはできる。でもシゾの組織形態学的証拠は存在しないのが普通だから見つからない、どんなに頑張ってもね。つまり、病理屋はプシの意見を信じるしかない。サイエンスじゃなくて禅問答みたいになっちゃうこともある」

「たしかにそうかも……」

「まだあるよ、殺人事件の裁判とかで被告の責任能力が問題になった時、プシの専門家の意見が弁護側と検察側で食い違っちゃうことは結構多い。その場合、どっちが真実に近いのか本当は誰にもわからない。病理屋の私としてはそういうのが気に入らない、という訳で私はプシが嫌い。でもデートの邪魔はしないよ、楽しんでおいで」

そう言って、由香は杏里が返事をする前に電話を切った。

着ていく服に散々迷った結果、一周回って結局いつものコットンパンツとブレザーに決めた。ポケットのあるボトムとジャケットは働く女子にとって最強の味方なのだ。さらにバッグを替えた時の中身の移し忘れを回避するために、これまたいつものノートパソコンが入る大きなバッグを肩にかけて、杏里は待ち合わせ場所に向かった。

橋を渡って御茶ノ水駅前に着くと、先に来ていた佐山が杏里を見つけて手を振ってくれた。杏里ははにかむように小さく手を挙げて応えた。神保町に向かって坂を下る途中、山の上ホテルの横で佐山が歩を緩めたので杏里はドキリとした。夕食を振る舞うつもりではいたものの、高級レストランで二人分の食事代を負担する想定をしていなかった杏里は、カードの残高を思い出そうと必死になった。

　すると、佐山が言った。

「この先にピザのお店があるんです、小さな店ですが、以前に二度ほど行って美味しかったので、今日はそこに行ってみようと思います。ミラノ風ピザはお好きですか？」

「はい」

　予算の心配で頭がいっぱいになっていた杏里はホッとしてそう答えた。実のところ、もともと食にそれほど関心がなく、質素な自炊生活の中で時々食べるコンビニ弁当の旨さに感激する種類の人間である。そもそもイタリア北部のミラノと南部のナポリではピザ生地に違いがあることさえ知らなかった。

　店に着いた二人はジェノベーゼを使ったプレーンなピザと、その店オリジナルというサーモンとトマトとモッツァレラチーズがトッピングされたピザをシェアすることにした。ボトルワインのリストを見て注文しようとしている佐山に向かって杏里が言った。

「アルコールは飲めるんですが、ワインはちょっと苦手です」

するると佐山は微笑んでカンパリソーダを二つ注文した。運ばれてきた飲み物に手を伸ばしながら、杏里は申し訳なさそうに言った。

「ごめんなさい。ワインを飲むと頭痛がしちゃうので……」

「構いませんよ、僕もワインのことはよく知らないので助かりました。本当は、塚本先生がワイン通だったら恥ずかしいなって心配していたんです。次はドイツ料理とビールでということにしましょう」

パリッと薄いクラストの食感を気に入った杏里が口からこぼれそうになったトマトを頬張り、指先を少し恥ずかしそうになめた。さりげなくペーパーナプキンを渡しながら佐山が言った。

「僕の家は親が普通のサラリーマンだったので、上品な高級料理には縁が無くてよく知らないんです」

「でもここは居心地のいいお店で落ち着きます」

杏里が唇を拭いてそう応えると、佐山は嬉しそうな笑みを浮かべて杏里に訊いた。

「塚本先生はご実家もお医者さんなんですか？」

「ええ、長野の開業医です」

「あのぅ、塚本先生のファーストネームをお聞きしてもいいですか。僕の名前は慎太郎と言います。石原慎太郎と同じです」

「長男さんですね。私はアンリ、『あんずのさと』と書きます」

佐山は杏里の名前に敬意を表するように一度頷いてから言った。

「実は僕、次男なんですよ。長男は孝太郎、三男は健太郎です。変な親でしょ」

杏里は声を上げて笑った。

「素晴らしいご両親だと思います。子供は平等であるべきって思ったんでしょう。そういう考え方、私は好きだなぁ。ところで、佐山先生のご専門は？」

「CJ病です」

杏里の顔面表情筋が一斉にひきつったのを見て、佐山が慌てて訂正した。

「ごめんなさい、冗談です」

CJ病とはクロイツフェルト・ヤコブ病を指す。それは異常プリオンという蛋白質の感染により脳が破壊される病気である。大脳皮質は海綿状を呈して萎縮し、脳の指令を下位の筋肉に伝える錐体路やそれを調節する錐体外路が全て崩壊して、急激な経過で死に至る。治療法はない。プリオンは細菌やウイルスとは異なり、フォルマリン固定や通常の滅菌後も存在し続ける。つまり、煮ても焼いても死なない地球上で最強の感染粒子（プリオン説への疑問を呈する論文も存在する）であり、剖検を担当する病理医からは最も恐れられている感染性物質の一つなのである。

１９９６年、プリオン病のＢＳＥ（牛海綿状脳症、狂牛病とも呼ばれた）に罹患した牛の中枢神経を含む肉を食したと思われる若者がＣＪ病を発症したことが英国で報告されてから、日本でも牛肉の検査がおこなわれるようになった。また、プリオンが混入したヒト硬膜移植や下垂体抽出ホルモン投与による医原性ＣＪ病発症例は、日本でも過去に複数報告されている。

杏里が眉を吊り上げて言った。

「ＣＪ病は最も恐ろしい感染症です。冗談で面白おかしく話すべきじゃありません。致死率１００パーセントの病気なんです。つまり、もし発症したら必ず死ぬんですよ、それも１年以内に。剖検を担当する私たちにとってはとても怖い病気なんです」

少し間を置いて、杏里は強い口調で続けた。

「脳を破壊したプリオンはパラフィンブロックや切片の中でも生き続けています。だから、不用意に触れてしまうことがないように、病理科では厳重に管理をしています。それに、もし解剖実習用の献体の中にＣＪ病罹患者が含まれていたらって考えただけで寒気がします。プリオンはフォルマリン固定では死にませんから、何も知らない医学生が実習中に危険にさらされるかもしれないんですよ」

　佐山は杏里の言葉を受けて、なだめるように言った。

「申し訳ない、ふだん病理の先生とはあまり接点がないので、何を話したらよいか迷っちゃって。ＣＪ病の話ならセンセーショナルだし、何年か前に小説とかドラマでも扱われたこともあるから興味を持ってもらえるかと思ったんです。不謹慎でした、ごめんなさい。ただ、感染粒子を直接食べたりしない限りプリオン病はそう簡単には移りませんから心配しないでください」

　病理医としてのプライドが軽んじられていると感じた杏里はグラスに手を伸ばしながら冷ややかに応じた。

「そんなことは知っています。私はテレビドラマには興味ありません。むしろ、感動的ストーリーっぽく描かれると不快です。現場はそんなきれいごとでは済みませんから」

「ホントにごめんなさい」

　杏里の機嫌を損ねた佐山はひたすら謝り続けた。そのうちに、杏里はマジギレした自分の方が恥ずかしいような気分になった。由香から超堅物と揶揄されたことや、病理科と精神科は所詮話が通じないと忠告されたことが頭の中を巡っていた。

『とても優しくて気配りもできる人なのに、なぜか話がかみ合わない変な人だ。波長が違うというか、不思議くんだ。いや待てよ、あちらから見たら、私の方が不思議ちゃんかも……。それにしても、偉そうにお説教かましちゃったのはやり過ぎだったかしら。私、失敗した？　きっと嫌な女だと思われた』

氷が解けて薄まったカンパリソーダを一口飲んで、杏里は思わず苦笑いした。

すると戸惑った佐山が言った。

「どうしたの？　ホントにごめん」

グラスを置いた杏里はテーブルに目線を落として呟いた。

「むきになった私の方こそごめんなさい。臨床の先生に負けないように突っ張ってきたので、喧嘩グセがついちゃって……」

その言葉に安堵した佐山が真顔になって言った。

「それじゃ改めまして、僕の専門は自閉スペクトラム症の社会的コミュニケーション障害、つまり脳機能異常の解析です」

杏里は大げさに頷いて応えた。

「なるほど、それは私の病理組織学のフィールドからは最も遠い話のようですね」

絡んだ視線を今度は楽しむように二人は微笑み合った。

休戦成立である。


食事を終えて、杏里が化粧室から戻ると佐山は支払いを済ませていた。

「この前のお礼をしなくちゃと思っていたのに……すみません」

「気にしないでください、お誘いしたのは僕の方ですから」

佐山のスマートなエスコートに内心感激し、今まで経験したことのない心地よさを感じた杏里は、店を出てから改めて礼を述べた。

「ごちそうさまでした。ピザ、とても美味しくて気に入りました」

「それは良かった。あの店のピザは娘もお気に入りで……」

聞き間違いかと思った。しかし、確かにそう聞こえた。

『む・す・め？　えーっ、既婚者なの？』

一瞬、立ち止まりそうになって杏里は思った。佐山が指輪をしていないことには気付いていた。既婚者と知ってショックを受けるほどそのことが重大ならば、独身かどうかを予め訊かなかった自分が悪いのだ。佐山は30代後半から40代後半ぐらいに見える。おまけに医者なのだから、結婚しているのは当然だろう。

杏里は思った。

『既婚者だって構わないでしょ。今のところ結婚願望がない私にとっては、どうってことないさ。強引に結婚を迫られるリスクがないと考えれば、かえって好都合というものだ。ところで、私はなんでそんなことに引っ掛かっているの？』

並んで歩き続けて駅が近づいた時、杏里の動揺にまったく気付いていない様子の佐山が言った。

「また、付き合っていただけますか？」

杏里は自分でも驚くほどの明確さで即答した。

「はい、喜んで」


数日後、シェーグレン症候群の可能性がある患者の検査を歯科病院に依頼するため、杏里は由香に電話をして言った。

「確定診断のための生検をお願いします。涙腺生検は患者の負担が大きいので、小唾液腺生検をお願いすることになりました」

由香は少しイラついている様子で応えた。

「了解、こないだの飲み会で一緒だった口外（口腔外科）の准教授に頼んでおく。一言いわせてもらうけどさ、小唾液腺生検だって患者の負担は大きいよ。シェーグレン症候群の症状が苦しくて来院した患者に生検をおこなえば、もっと痛い思いをさせることになるの、それを忘れないで。涙量・唾液量の減少と血清中の自己抗体が証明できれば診断はほぼ確定なのに、患者の体にメスを入れる生検をあえておこなうのは何故だと思う？　ここが大学病院だからよ」

由香の語気に圧倒された杏里が言った。

「どうしたんですか、今日はいつにもまして戦闘モードですね」

「あぁ、ゴメン。病院の空きベッド数を減らすために、軽症の患者を入院させたらどうかっていう話が出ているの、それも土日をまたいでだってさ、ここはホテルじゃないんだっつうの」

「病院はいつも赤字ですからね」

杏里がそう言ってなだめると、由香が急に思い出したように訊いた。

「それはそうとデートはどうなった？」

「ピザ食べました」

「それだけ？」

「それだけです」

「なーんだ、つまんない」

　実のところ、杏里自身も佐山からの連絡を心待ちにしていた。だから、秋晴れの日曜日の早朝にスマホが鳴った時には、飛びつくように電話に出たのだった。しかし、それは杏里が期待している電話ではなかった。

「はい」

「早い時間にごめんね、アンリが出掛けちゃう前に話したいと思って……」

　電話は実家の母からだった。両親は長野県佐久の小海線沿線にある小さな町に住んでいる。母は元看護師の専業主婦、父は内科・小児科医院を営む医師である。子供は杏里と妹の万里江（まりえ）の二人で、万里江は医学部を目指して浪人中である。母が言った。

「マリエのことで頼みたいことがあるの」

「頼みって？」

　杏里は20歳になる妹の存在をほとんど忘れていた。実家から離れて暮らす27歳の姉にとって浪人中の妹はいないのと同じなのだ。実際、杏里は意識してそうしていた。何故なら、何を考えているのか分からない万里江のことが好きではなかったから。もともと妹の態度には冷たくて理解し難いところがあった。社交的で動物好きだった杏里は万里江が人や動物を愛し慈しむのを見たことがなかった。

口に出したことはなかったが、杏里は万里江のことを発達障害ではないかと疑っていた。そして、氷のような心の持ち主である妹を姉として気遣うよりも、なるべく関わらないように距離をとってきた。そのことに一抹の後ろめたさを覚えていた。

この電話で、母の口からいったい何が語られるのか不安に駆られながらも杏里は話の先を促した。

母は暗い声になって言った。

「マリエね、成績が去年よりも下がって、この秋受けた模試はどれもE判定以下で全滅なの。このぶんだと1月のセンター試験も期待できそうにないから、もう1年頑張ることになりそう」

「ふぅん、そうなんだ……」

普通と違う性格はともかく、万里江の小中学校の成績は姉の杏里よりもずっと上だった記憶がある。いったい何があったのだろう。

母は話の本題に入った。

「それで東京の予備校に通わせようということになってね……、でも受験前の大事な時期にいきなり一人暮らしさせるのは心配だし、そうは言っても、こっちの生活もあるから付いていくわけにもいかないでしょ。だから、アンリには本当に悪いと思うのだけど、マリエのこと頼めないかしら」

杏里は母の提案を奇異に感じた。成績が思うように上がらないからと言って、この大切な時期に受験生がわざわざ転居するのは不自然だ。そうせざるを得ない何かが起きたのだろうと思った。

「えーっ、急に言われてもなぁ、受験生の面倒見るとか責任持てないよ。それにホントに今年ダメかどうかだってまだわかんないんだから、結果がはっきりしてからでもいいんじゃないの？」

「そんなこと言わないで、ママとパパを助けると思って協力してちょうだい。あなたもわかっているだろうけど、ここは小さな町だから開業医はそれなりに地元の名士なの。その娘がいつまでもぶらぶらしているなんて困るのよ」

杏里はため息をついて、前髪をかきあげた。それから母を諭すように言った。

「それは親の勝手な都合というものでしょ、全然理由になってない。そんなこと言うなら、いつかパパが起こした女性問題の方がよっぽど恥ずかしい。マリエのことをそんなに急いで家から出したがるなんて変だよ。ホントはもっと深刻な問題があるんじゃないの？　それを知らなかったら引き受けられない」

短い沈黙の後に母が応えた。

「それなら言うけど、マリエをこのまま家に置いておくと、何かとんでもないことが起こりそうで怖いのよ」

「とんでもないことって、マリエが事件でも起こすっていうこと？」

「そこまでは……まだよくわからない。でも、インコのピピが死んだ時に直感したの、これは何か恐ろしいことの前触れに違いないって。とにかく、普通の死に方じゃなかったのよ。とても残酷で見られたものじゃなかった。だから、マリエが私のピピを殺したに違いないと思ったの」

杏里はうなじの髪の毛が逆立つのを感じた。そして、万里江の刺すように冷たい視線を久しぶりに思い出した。母が万里江の行動をコントロールしようとしても、既に手に負えない段階に達しているということか？　とにかく、母が抱いている得体の知れない恐怖感を理解できたような気がした。

杏里は尋ねた。

「どんな死に方だったの？」

「どんなって……、かわいそうに両方の翼がもげて、内臓が……」

杏里は一度目を閉じてから母の説明を止めた。

「大体わかったから、もう言わなくていいよ。それで、パパは何て言ってるの？」

「何も……、パパも心配はしているのだろうけど」

母は曖昧な返事をした。思春期以降、杏里は父とは距離を置いていた。父は医師としては立派かもしれないが、親としての責任を果たしていないと感じていたからだ。

父親との確執を振り返り、杏里は『自分が妹の面倒を見るべきなのだろう、きっとまだ間に合う』と心の何処かで思い始めていた。

「ママはマリエとちゃんと話したの？」

「それは問題ないわ、マリエは東京の予備校に行きたがっているから」

予兆

朝、冬物コートを着るかどうか迷う気温が続くようになった頃、歯科病院の由香が杏里の研究室にやってきて言った。

「両側頬粘膜のレース状病変で扁平苔癬（へんぺいたいせん）と思われる初診患者が来ているの。生検の前に念のため血液検査をお願い。特にHCV（C型肝炎ウイルス）抗体陽性の場合には、感染力の有無を知りたいからHCV―RNAまで調べてね」

杏里は振り向いて依頼書を受け取りながら訊いた。

「理由はよく知らないけど、扁平苔癬患者の多くはC型肝炎ウイルスに感染している可能性があるって言いますよね。この患者さんもその疑いがあるんですか？」

深く頷いた由香は顔をしかめて言った。

「重症肝炎を示唆する自覚症状はないから、私の思い過ごしならいいのだけどね。この患者は62歳の女性、40年前に最初の子を出産した時に出血が止まらなくて止血薬を投与された記憶があるって言ってるの」

由香の話を聞きながら、頭の中でざっくりと引き算をした杏里が呟いた。

「40年前と言えば1979年頃ですよね」

由香は我が意を得たりという表情になって言った。

「そうなのよ！　カルテの保存義務期間は5年だから、40年前の記録なんて確かめようもないけど、もし『あの汚染されたフィブリノゲン製剤』が回収されずに残っていて止血のために使われたとしたら、その母親はC型肝炎ウイルスに感染している可能性がある。だとしたら、9年後に生まれた2番目の子に母子感染しているかもしれない、患者と家族には何の落ち度もないのに。大問題だよ」

１９８０年前後に産科で止血剤として使われたフィブリノゲン製剤にウイルスが混入していたためにC型肝炎を発症した例は複数報告されている。この薬剤は１９７８年初めにはアメリカ合衆国で使用が禁止されていたにもかかわらず、日本ではその後も数年間使い続けられた。その結果、薬害が拡がってしまったと考えられている。

自分の発した言葉に怒りを触発されて、由香は続けた。

「同じ頃、回収されていたはずの非加熱製剤が多くの血友病患者に使用されてＨＩＶ感染を引き起こしてしまった、あの事件と根っこは同じ。感染の危険を知っていながら回収しなかった製薬会社は厚生官僚の天下り先だった。こんなことが繰り返し起こる国ってホントにどうかしている、恥ずかしいよ」

杏里は採血用スピッツ一式を由香に渡して言った。

「ユカ先生の予想がハズレであることを祈っています」

由香は少し微笑んでスピッツを受け取った。そして部屋を出ようとして振り返った拍子に、杏里のカレンダーに目を留めて訊いた。

「ねえ、この日に赤い『はなまる』書いてあるの、何？　こんな印見るのって小学校以来なんだけど、クリスマスはまだだいぶ先だし、ちょっと早すぎるよね」

「あぁ、それ、妹が来る日なんです。私のマンションに住んで都内の予備校に通うんですって。急なことだからという理由で妹が居る数カ月間の家賃を実家がもってくれることになったのは嬉しいんですけどね、これからしばらく妹の保護者役をするかと思うと憂鬱です」

「なーんだ、てっきりデートかと思った」

「そんなプライベートなこと、わざわざ目に付く紙のカレンダーなんかに書きませんよ。この赤マークはユカ先生みたいな先輩に仕事をねじ込まれないためにつけた印です」

「だよねー」

由香は納得して部屋を出ていった。


その日、杏里は大宮駅で万里江を迎えた。上りの各駅停車に乗って8駅目の川口で下車、東口から10分ほど歩いたところに杏里の住んでいる賃貸マンションがあった。5階建ての3階角にある2DKからは荒川の土手が見えるだけで大した眺めではなかったが、杏里は自分の「家」を結構気に入っていた。

「どう？　わるくないでしょ。荒川の向こう岸は東京都北区。川口ってね、赤羽から埼玉側にたったの一駅なのに家賃は都内より超格安、暮らしやすい街だと思うよ。こっちがマリエの部屋ね、朝日があたる一番いい部屋。今までは私の寝室だったけど譲ってあげる。布団の上げ下ろしはセルフだよ」

ジャケットを脱ぎながら、杏里が2方向に窓のある和室を指し示してそう言った。

すると、万里江は荷物を床に置きながら呟いた。

「意外に狭っ……」

「それはしょうがないよ、これでも一人暮らしには贅沢なくらいだよ。ダイニングキッチンの他に狭くても二部屋あるおかげでマリエがここに来られたんだから良かったでしょ。コーヒー淹れるね、インスタントだけど」

そう言って、杏里は湯を沸かすためにキッチンに向かった。万里江は自分の部屋を暫く覗き込んでから室内に入っていった。二つのコーヒーカップをテーブルに運んでいると、万里江が本を片手にダイニングキッチンに戻ってきて言った。

「お姉ちゃん、こんな本、まだ大事にしてるんだ」

それは小中学生向けに出版されている青い鳥文庫（講談社）の「怪盗クイーン」シリーズ（はやみねかおる作）の一冊だった。杏里は笑って答えた。

「あぁ、それね、大人になってから読むと、意外に深くてけっこうハマるのよ。後から買い足したりして、気付いたら10冊以上になってた。邪魔だったら片付けるけど、とりあえずマリエの部屋に置かせておいてよ。読んでくれていいから」

「ふうん、児童書……」

そう返事をした万里江の薄笑いからは侮蔑がほとばしり出ているように思えた。鼻で笑われたものと受け取った杏里は何とも表現し難い『嫌ーな』感じがした。人を馬鹿にしたような妹の態度に接するたびに湧き起こる『言い返したい気持ち』をその都度抑え込むのは、これまで自由な一人暮らしをしてきた杏里にとっては予想を遥かに超えるストレスになりそうだった。

『これは大変な役を引き受けてしまったかもしれない』との不安感が溢れ、同居初日から気が重くなった。

杏里は平静を装いながらも怒りが滲む声色で言った。

「わかった、私の本が邪魔なのね。後で片付けるから、それでいいでしょ」

普通ならば空気を察して謝るところだが、万里江は返事をしなかった。


翌朝、万里江が起きる前に青い鳥文庫を運び出そうと考えた杏里は、万里江の部屋の引き戸をそっと開けた。杏里が大切にしている本は既に棚から出され、床の上に無造作に投げ出されていた。

杏里は思った。

『きちんと揃えて置くくらいの気遣いさえ無駄だと言いたいのね』

宝物を邪険に扱われた少女のように気分が落ち込んだ。少し目頭が熱くなりながら、杏里は愛読書を丁寧に拾い集めた。十数冊の本を抱えて部屋を出ようとしてふと振り返ると、薄暗い中で布団の中から万里江がこちらを見ていた。その大きな瞳がダイニングから漏れる明かりを受けて妖しく光っていた。クリスタルから放たれるような冷たい目線に射抜かれた杏里は寒気がして鳥肌が立つのを感じた。そして、無言のまま慌てて引き戸を閉めたのだった。

数日後、歯科病院の由香から内線電話が掛かってきた。

「こないだの患者さん、やっぱりC型肝炎ウイルス陽性だったわ。幸い肝硬変や肝癌への進行は今のところ見られてない。急いで次男さんの検査をするように言ったら泣いてた、『母親として、息子に申し訳ない』って。ねえ、考えてみてよ『お前は10年後には癌になるかもしれない時限爆弾を生まれた時から抱えている』って、息子さんにどんなふうに話すんだろう、気の毒だよ。お母さんに責任はないのにさ」

「そうでしたか……」

杏里がそう応えると、由香が思い出したように訊いた。

「そういえば、妹さんとはうまくいってるの？」

「ええ、まあ、たぶん。でも食事とかの面倒見た方がいいのか迷いますよ。あぁ、めんどくさーい！　一人暮らしは良かったなぁ」

するとと由香が笑いながら言った。

「どうやら結構なストレスみたいだね、でも男と暮らすよりは楽だと思うよ。それに、妹さんだってもう大人なんだから放っておけばいいじゃない？　近くにコンビニとかあるんだし、食事なんてアンリ先生が料理できる時だけ作ってあげればいいのよ」

由香の電話を切ると、ポケットのスマホが短く鳴った。それは佐山からのメールで、食事の誘いだった。杏里は飛びつくように承諾の返信をした。


約束の時間よりも少し前、杏里は待ち合わせ場所の有楽町駅に着いた。先に到着して待っていた佐山を見つけると笑顔になって手を振り、近づきながら声を掛けた。

「今度は私が先に着いていようと思ったのに……待ちました？」

「いいえ、僕も今着いたところです。それより、もう会ってもらえないんじゃないかって心配だったので、来てくれて嬉しいです」

二人は夕方の雑踏の中をつかず離れず縫うように歩いてドイツ料理とビールの店に向かった。店内に入り飲み物とソーセージの盛り合わせを注文した後、ホッとしたような表情を浮かべて杏里が言った。

「受験生の妹を預かることになって、今、共同生活しているんですけど、気ままな一人暮らしが一変して、これが結構疲れるんです。私が気を遣いすぎているのかもしれませんけど……。今日は誘っていただいたおかげで気分転換できそうです」

運ばれてきたビールジョッキを軽く持ち上げて、佐山が言った。

「それじゃ、塚本先生の気分転換に乾杯」

杏里は応えるようにジョッキを掲げて言った。

「アンリでいいですよ。大学ではアンリ先生って呼ばれています」

するとすかさず佐山が言った。

「それなら僕のことも慎太郎と呼んでください」

佐山が発したこの言葉を聞いた途端、杏里の脳内で『恋愛の罠に嵌りそうになっている』との警鐘が鳴った。そこで、一呼吸おいて少し背筋を伸ばし、咳払いをしてからおもむろに返答した。

「私は佐山先生のままがいいです。研究室や病院の仲間が私のことを『アンリ先生』と呼ぶのは仕事上のニックネーム、言わばハンドルネームのようなものです。お互いをファーストネームで呼び合うのとは意味が違いますから」

既婚者とは親密になる気が無いことを杏里は宣言したつもりだった。佐山は微笑みを浮かべて、粒マスタードたっぷりのソーセージを一口食べて言った。

「うーん美味い。わかりました、僕はそれでいいです、アンリ先生」

「屁理屈を言うめんどくさい女だと思ったんでしょ」

ザワークラウトをフォークで突きながら杏里がそう言うと、佐山が即答した。

「はい」

　2杯目のビールが残り少なくなった時、佐山が訊いた。

「妹さんが帰りを待っているんでしょう、そろそろ切り上げますか？」

少しアルコールが回った杏里は、本来の彼女なら言わないはずの言葉を口にした。

「そうですね。佐山先生も娘さんが待っているのでしょうから」

するとと佐山は頭の中で何かが符合したように、パッと明るい表情になった。続いて、
やっと合点がいったような様子で頷いて言った。

「なるほど、何だか変だと思っていたんですが、そういうことだったんですね、僕の説明が足りませんでした。聞いていただけるなら、もう少し詳しくお話ししたいです」

　そして、紙ナプキンで口を押さえてから静かに話し出した。

「娘は6歳でした」

「で・し・た？」

杏里が思わずそう呟くと、佐山は頷いて続けた。

「ええ、亡くなったのは小学1年生の夏でした」

「病死ですか？　死因は？」

杏里は病理医の癖が出て、間髪容れずにそう訊いた。質問に対して、佐山は直ぐには答えず、一度大きく息を吐き出してから低い声で答えた。

「事故でした。その日僕は仕事で、知らせを受けて病院の救急処置室に駆けつけたんですが、着いた時にはすべてが終わっていました。娘は母親とはぐれて……見つかった時にはプールの底に沈んでいたそうです」

佐山は自分が発した言葉を反芻するように頷いて続けた。

「皮肉にも、『5~9歳の死因上位を占めるのが事故である』とテキストに書かれていることを現実に追認することになりました。この死因のデータは医療関係者にとっては常識ですが、統計は統計であって、僕の家族に起こるとは夢にも考えていませんでした」

一度ビールに伸ばしかけた手を引っ込めて、テーブルに目線を落とした佐山は独り言のように呟いた。

「『子供は静かに溺れる』と聞いたことがありますが、本当にその通りだったようで、娘の姿が見えないことに気付いた時には、既に沈んでいたらしいです」

「そうだったんですか、変なこと言っちゃってごめんなさい」

　杏里は伏し目になってそう謝った。悲しい記憶を辿らせてしまったことが、素直に申し訳ないと思ったからだった。

「いいんです、気にしないでください、もう8年近く前の出来事ですから。『娘が生きていた長さ』と同じ長さの『娘のいない時間』が流れたんだと思うと、事故後の年月は長かったような短かったような不思議な感じがしています」

　これで、この会話は途切れて終わると杏里は感じていた。ところが佐山はその後に起きた夫婦間の静かな葛藤について言及し始めた。

「あの日一緒に行かなかった僕と、娘から目を離した僕の奥さんはそれぞれに自責の念を抱きました。失われた小さな命を悼んで、僕たちは泣きました。娘のランドセルや楽しそうな写真を見ては泣きました。でも、心の隅に押し込んだつもりだった相手を責める気持ちが時間の経過とともにどんどん膨らんで抑えられなくなっていきました」

　佐山の視線はテーブルの上に向けられていたが、焦点は何物にも合っていないように見えた。思考は遠くに飛んでいるのだろう。そう考えた杏里は黙ったまま次の言葉を待った。

佐山は再び口を開いた。

「何か言えば傷付け合うことになりそうで、僕たちはお互い心の扉を閉じて沈黙しました。しかし、娘の死が無かったことのように生活するのは単なるストレス以上の重圧でした。もっと苦しかったのは、『不幸に見舞われた人間は面白おかしなことを見聞きしても腹の底から笑ってはいけない』的な考えにお互いが囚われたことでした。心の痛みを吐き出して楽になれない状態が続いて……僕たちは慰め合うことさえできなくなってしまった。精神科医なのにおかしいと思うでしょ？　自分を客観的に分析するのは意外とできないものなんです。今思えば許し合うべきでした。でも僕たちは疲れてしまって、二人で前に進むことを諦めてしまいました」

ここで不意に言葉を切った佐山は自分の説明を否定するように首を横に振って考え込んでしまった。そして、やおら口を開くと、今度は自らを厳しく非難するように一気に言ってのけた。

「いや、違う。そうじゃない。本音はそんなきれいごとじゃない。こうして『僕たち』と表現して相手に配慮しているように見せること自体が偽善的でアンフェアですよね。正直に言えば、僕は奥さんに落ち度があったから娘が死んだと思っている。だから本当は許せなかった。彼女はそんな僕の本心を見抜いていた。僕にも責任があると言いたかったのでしょう。それを行動で示した、それだけです」

指輪の無い左手を見せて、佐山は少し微笑んだ。

『私は何故この人の身の上話を聞いているのだろう。この人は誰にでもこんな超プライベートな打ち明け話をするのかしら……。もしかして、私を落とそうとしている？　いやいや、それはないでしょう』

杏里はそう思った。しかし、心の何処かでは淡々と語られる佐山の言葉に耳を傾ける満足感を味わっていた。気が付くと、話題は杏里の家族へと移ろうとしていた。

佐山が尋ねた。

「たしかアンリ先生のご実家は開業医とおっしゃっていましたよね。妹さんも医学部志望ですか？」

「ええ、まあ」

「妹さんと二人で診療所を継いでくれたら、お父さんはきっと嬉しいでしょう。神話に出てくるアスクレピオスの娘たちみたいだ。ほら、医学史上最も古い『ヒポクラテスの誓い』の冒頭に出てくる女神たち、僕はこの辺の逸話が大好きなんです」

杏里はこの手の話題が気に入らなかった。理由は父のことが嫌いだったからである。

娘の目に映る父は常に賢く偉く、家の外では市井の人よりも一段高いところにいるように見えた。一方、父から『頭が悪い』と言われ続けた母はまるで使用人のようだった。父が浮気をしても文句ひとつ言わない母を杏里が責めると、母の返事は『養ってもらっているのだから我慢するのは当然』であり、父のことを『愛しているから』とは一度も言わなかった。つまり、俗に言う『腐れ縁』の依存関係なのだ。この両親の姿が杏里の結婚観に影を落としていたのである。

杏里は少しひきつった表情になって答えた。

「さぁ、どうでしょう。私は父の後を継ぎたいとは思っていませんから」

ところが、杏里が気分を害していることに全然気付いていない佐山は、さらに質問を重ねてきた。

「えっ、『いずれは自分が親の後を継いで……』とか考えるものじゃないんですか？」

とうとう怒りのスイッチが入った杏里は早口になって言った。

「一般論ではそうでしょうけど、私は父の人間性というか考え方を軽蔑しています。全然賛成できないんです。例えば、父は自分が死んでも家族が生活に困らないように高額の生命保険に入っています」

杏里は一呼吸おいて次の決定的な言葉を発した。

「けれど、母には一円も保険を掛けていないんですよ、なぜだかわかります？」

攻撃的な口調に圧倒された佐山が無言だったので、杏里は父を蔑む感情を込めて結論を言い放った。

「母の代わりは他の女性でも務まるからです。それは母の人権を認めていないということです」

沈黙の数秒間が流れて、佐山が口を開いた。その話し方は杏里とは対照的に極めて穏やかだった。

「経済的側面に注目するならば、アンリ先生のお父さんの考えは理にかなっています。医師の生涯収入と専業主婦の存在価値は正確には比較できませんから、お父さんがお母さんに保険を掛けなかったのは誤りとまでは言えません。愛情の深さや人権の問題として捉えた場合には、人として正しいかどうかの見解は分かれるでしょうが、お母さん本人が不当な扱いを受けたと訴えない限り非難されるほどのことでもないと僕は思います。それとも、他にもっと大きな問題がありますか？」

佐山に反論されることをまったく予期していなかった杏里は頭に一発パンチをくらった気分だった。杏里が父の人物像を情動的に批判したのに対して、佐山の論理展開は合理的かつ実にスマートだ。再反論できなかった杏里は恥ずかしさを感じるほど動揺し、認めたくはなかったが自分の負けだと思った。

『ユカ先生が言っていたように、精神科医は意外に手強いぞ。ちょっと見は優柔不断で超軽そうなのに、あの理論武装はまるで辣腕弁護士の答弁だ。それにしても、ついさきほど自分の家族に起きた出来事を悲しそうに語っていた時とはまるで別人のようなクールさだ、その切り替えの素早さはすごい。やっぱりよくわからない変な人だ』

杏里が驚きのあまり半開きになった口を閉じ忘れたままそう考えていると、佐山は滑らかな口調で続けて言った。

「実は僕も同じ理由で奥さんには生命保険を掛けていませんでした。でも愛していたし大切に思っていましたよ。アンリ先生はご存じないかもしれませんが、僕らの同業者の中にはお父さんと同じ考えの人は結構います。医師である自分が死んだ場合の保険金受取人はもちろん奥さんですが、奥さんが自分より先に死んだ場合の保険金を特に欲しいとは思いませんからね。奥さんに生命保険を掛けるかどうかの夫婦間の平等性を、アンリ先生がそんなに重大な人権問題であると認識していたことを知ってとても驚きました。すごく勉強になります。これからもいろいろ教えてください」

ノックアウトされた杏里は思った。

『やっぱり不思議くんだ』

レストランを後にした二人が駅に向かって歩いている時、佐山が少し躊躇している様子で言った。

「あのぅ、そのぅ……、えーとですね、もっと気軽にやり取りできるようにＬＩＮＥ交換しませんか？」

杏里は歩を緩めずに即答した。

「しません」

佐山はショックを受けた様子で立ち止まってしまった。二歩ほど先で振り返った杏里は形勢逆転を楽しむように笑顔を見せて言った。

「私、ＳＮＳはやらないし、ＬＩＮＥはグループだけにしているんです。佐山先生とは電話番号とメアドで十分だと思いますけど？」

「はぁ……」

意気消沈している様子の佐山を見て、『勝った』と感じた杏里は気分が良かった。意気揚々と向きを変えて再び歩き出そうとした時、前方から向かってきた千鳥足の中年男性二人にぶつかりそうになった。

「お嬢ちゃん！　奇麗だね、もう一軒、一緒に行こうや」

不意に腕を摑まれた杏里は反射的に男の手を振り払った。その仕打ちに腹を立てた男は大声で怒鳴り散らし始めた。

「なんだよ、このブス！　ブス！　ブス！」

杏里は声を出すこともできずに、ただ肩をすくめてバッグを握りしめていた。絡んでくる酔っ払いを上手くあしらう方法が分からないのだ。困惑した杏里は助けを求めることも忘れて、そのまま棒立ちになっていた。

突然、佐山が杏里の手を握りしめた。杏里の身体は佐山の右腕に引き寄せられて、頬が彼のジャケットに触れた。佐山は臆することなく優しく慈しむように杏里の背中に左腕を回した。佐山の腕に抱かれた瞬間、杏里は自分の身体がマーガレットの花束になったような幻想に浸った。

呆然と見ている男たちに向かって、佐山が丁寧な口調で言った。

「ご迷惑をかけてすみません。僕たち、もう帰るところなんですよ。せっかく誘っていただいたんですが、どうかお許しください」

「えー、なーんだ、しょうゆうことだったの？　こちらこそ失礼しましたー。若い人はいいねぇ、まぁいいや、お幸せにー、バイバーイ」

男たちは何やらブツブツ言いながら離れて行った。おそらく昼間は真面目に働く善良なおじさんたちなのだろう。本質的には悪い連中ではなさそうだった。

男たちが去ったことを確かめた二人は、繋いだ手と身体をぎこちなく放して、並んで歩き出した。冷静さを取り戻した杏里が言った。

「助けてくれるなら、もっと早くしてください」

すると佐山はいたずらっぽく笑って答えた。

「絡まれて困っているアンリ先生が可愛くて、ちょっと見とれていました」

杏里はふくれっ面をしてみせてから自分も笑った。

疑惑

夜遅く帰宅した杏里が玄関ドアを開けるとバスルームからシャワーの音が聞こえてきた。電気が消された万里江の部屋の前を通ると、閉まりきっていない引き戸の隙間からノートパソコンの明るい画面が見えた。万里江がその場を離れてからまだ数分以内なのだろうと思われた。画面は消えておらず、ロックもかかっていなかった。

杏里が吸い寄せられるようにパソコンに近づくと、画面がパッと暗くなってしまった。

『待って！　まだ消えないで』

好奇心に負けた杏里は反射的にタッチパッドに触れて画面を復活させた。万里江が先ほどまで開いていたと思われるページが現れた。そこにあったのは先月（２０１９年10月）の記事だった。それは、最高裁上告棄却によってある事件の被告の無期懲役が確定したことを伝えていた。その事件とは、２０１４年12月に発生した19歳女子大学生による70代知人女性殺害である。

万里江が何故そのような殺人事件に興味を持ったのか、思い当たることは無かった。しかし、ページを遡って次に現れた画像を見た途端、杏里は万里江のパソコンを覗き見したことを酷く後悔した。

『こっ、これは……、なんてこと……』

そこに映し出されていたのは無惨に翼をもがれ内臓を引き出されたインコの姿だった。

歯科病院の自室で杏里から相談を受けた由香が言った。

「あぁ、その事件ならよく覚えてる。犯人の女の子はもともと猟奇事件に強い関心があって、高校時代から友達にタリウムだったかな、とにかく一服盛ったりしてたんだよね。一方で、一流大学に合格しているから、たぶん知的障害者ではない。従って、知的障害を伴わない自閉スペクトラム症の可能性が否定できないというところかしら? 確か、当時の鑑定結果は発達障害で双極性障害を伴っているとかじゃなかったかな……、分かったようで分からない診断。精神科の鑑定は難しいよね」

由香は冷めたコーヒーを一口飲んで顔をしかめながら続けた。

「その事件より10年くらい前に佐世保の小学校で起きた同級生殺人事件でも、加害女児は当時の病名でアスペルガー症候群と診断されたけど、対人関係やコミュニケーション能力に問題はなかった。今は自閉スペクトラム症に統一されたけど、あの頃はネットでアスペルガー症候群の人に対する誤った批判や偏見が飛び交って大変だった、誹謗中傷ってやつ。だから、学部学生の授業でもアスペルガー症候群に関する解説をする際にはものすごく神経質になったものよ。でもさ、妹さんがその事件を調べていたのは単なる偶然かもしれないし、ちょっと興味があっただけかもしれないよ。そんなに心配しなくてもいいんじゃないかなぁ」

由香は椅子の背にのんびり寄り掛かりながら過去の事件を振り返り、万里江の行動はおそらく興味本位であり深刻ではないと認識しているようだった。杏里は腕組みをして大きく頷いたものの、何か引っ掛かるものを払拭できず、改めて不安を口にした。

「でも彼女は受験生で、そんな事件を追いかけている暇なんてないはずです。あの死んだインコの写真を見た時には、例の事件を起こした女子大学生が『人が死ぬところを見たかった』って供述していた記事を思い出して、ピンときちゃったんです」

由香は立ち上がって窓の外を眺めた。

それから言葉を選ぶようにゆっくり話し始めた。

「それは飛躍し過ぎ、インコが死んだのは妹さんではなくて近所の猫の仕業かもしれないよ。客観的にはですね、アンリ先生の優秀な妹さんが閲覧していた記事からは『アスペルガー症候群の症状と、その診断を難しくしている双極性障害との関係性について彼女が興味を持っているらしい』と推測できるというだけのことだよ」

杏里が再び頷くのを確かめて、由香は続けた。

「誰だって多少変なところはあるのに、最近は、マジョリティの枠から外れないようにってみんなピリピリしすぎなんじゃないかな。昔はユニークな個性の持ち主で興味や活動に偏りがあっても異常とは考えないことが多かったのに、今は違っちゃったんだよね、他の子と一緒になって同じことをしない子は病気だと判断されるようになった。もともと同調圧力が強い日本では大問題というわけだ」

由香は記憶を確かめるように少し考えてから再び口を開いた。

「特に発達障害者支援法ができてから、ＡＤＨＤ（注意欠如多動性障害）と診断される子供の数は6倍に増えた。今や発達障害の子は一クラスに二～三人はいるんだってさ。食物アレルギーの子もどんどん増えてるから、教育現場は無茶苦茶大変だろうと思うよ」

窓辺からこちらへと向きを変えた由香に向かって、杏里は由香の持論に対する自分の感想を素直に口にした。

「ユカ先生は発達障害と診断される子の多さに疑問を持っているのですね。でも、発達障害者支援法に助けられている子だってたくさんいると思いますよ。それにしても、ユカ先生は発達障害に詳しいですね。この前、精神科を嫌いだって言ってたことと関係あるんですか？」

「私は今のやり方が逆差別のような気がしちゃうんだよね」

「逆差別？」

「うん。発達障害の診断というお墨付きを貼って特別扱いをしている。これが行きすぎると、先進諸国が取り組んでいるインクルーシブ教育（多様性を認め合ってお互いを尊重し、すべての子供が一緒に学ぶ）の理念からどんどん離れていくように思うの」

そう答えてから、由香は思案顔になって続けた。

「何故かと言うとね、実は私も他の子と同じことをしない子供だったの。幼稚園から小学校低学年では、先生の指示に従うことなく、自分がやりたいことだけをやっていた。皆が屋内でお勉強している時に私は一人砂場で遊んでいたし、皆が大人しく着席している時に私は教室内を歩き回っていた。先生に反抗したかったわけじゃなくて、自由にしていただけなんだけどね。でも、そんな私を母がとても心配して、知能テストとかいろいろ受けさせられたよ。精神科へも連れていかれた」

「へぇー、そうだったんですか。それでどうされたんですか？」

　杏里がそう促すと、由香は明るい笑みを浮かべて言った。

「自閉スペクトラム症っていうのは、その名が示すように実に多彩なのよ。私の場合は知的障害はないということになって、私自身は別にどっちでもよかったんだけどね、親にとっては一安心だったみたい。ＩＱがいくつだったかは忘れたけど、予期しないハイスコアだったので先生方はむしろ困ってしまったそうよ。可笑しいでしょ、へへ」

　由香は思い出し笑いの後に真顔に戻って言った。

「母は学校に行かない私を理解して、生活や勉強の面倒を見てくれた。他の子と一緒に同じことができなくても、それは大した問題じゃないことを私に教えてくれたの。信頼できる人が寄り添ってくれるのはとても大事だよ。おかげで現在の私がある。私は幸運に恵まれたと思ってる」

　それから、由香はふと思い出したように付け加えた。

「そうだ、『プシの彼氏』に訊いてみたらいいじゃない？　専門のセンセイなんだから」

「嫌ですよ、そんなプライベートなこと……」

杏里は笑いながらそう答えた。

数日後、杏里は図書館に籠っていた。論文のディスカッションに加える文献を揃えるために、目ぼしい資料を片っ端から検索していた。すると、隣の通路を行きかかった後輩が声を掛けてきた。

「アンリ先生、ここにいたんですか。研究室になかなか戻ってこないから、随分探しちゃいましたよ。後でちょっと剖検のファイナルレポートのチェックをお願いしてもいいですか？　肺原発小細胞癌の症例なんですが、押さえるべきポイントを先に教えてもらえたら教授の検閲時間を短縮できると思うんで…」

「わかった、いつでもいいよ、持ってきて」

それから杏里は思い出して付け加えた。

「あぁ、磯村（いそむら）くん、回してあげた当直医のバイトはどう？」

「はい、呼ばれるのは明け方の死亡確認ぐらいですから楽勝っす。おかげさまで当直代をいただくのが申し訳ないくらいよく眠れますよ」

　磯村は笑いながら続けた。

「先日も容態急変で呼び出されて駆けつけたら、ちょうど居合わせた精神科のドクターが救急蘇生をしてくれました。結局患者は亡くなったんですが、死亡診断書もそのドクターが書いてくれるというんで全部お願いしちゃって、超ラッキーでした」

　磯村の話を聞いて、杏里は思わず目を閉じた。

　あの夜、患者の縊死が発見された時の現場の映像が断片的に脳内のスクリーンに次々映し出された。緊急呼び出し、病室内の光景、偶然通りかかった精神科医師、「心マッサージは僕が」、死亡診断書……。

　そんなはずはないと思いながらも、杏里は訊かずにはいられなかった。

「そのドクターの名前覚えてる？」

「ええと、たしか……佐山先生だったと思います」


　その後、あの日に遭遇した縊死の件は時間の経過とともに忘却の彼方へと押しやられつつあった。杏里にＬＩＮＥを断られた佐山からの連絡はなく、二度の食事だけの知人関係はこのまま自然消滅するものと思われた。こうして11月が過ぎ、やがて世の中は年の瀬のざわつきに包み込まれようとしていた。


12月初めのことだった。数日ぶりに杏里の研究室を訪れた由香が言った。

「アンリ先生はアミロイド沈着のメカニズムに関する論文書いてたでしょ」

杏里が顕微鏡の接眼レンズを調節しながら小さく頷くのを確かめて、由香は続けた。

「だったら、アルツハイマー型認知症の脳に見られる老人斑のアミロイドについても、私よりは詳しいだろうから教えてほしいの。25年くらい前に、アルミニウムの脳への沈着がディメンツ（認知症）のトリガーになりうるっていう仮説が出たのを知ってる？」

杏里は少しの間考えてから答えた。

「私が調べていたのは家族性アミロイドポリニューロパチーですから畑違いですけど、『アルミの弁当箱論争』については聞いたことがあります。アルミニウムをウサギの脳に埋め込むと老人斑やタングルに似た構造物ができたっていう話です。それから、昔の透析液にはアルミニウムが含まれていて、血液透析をしている腎不全患者に老人斑に似たクールー斑が沈着するＣＪ病（クロイツフェルト・ヤコブ病）のような認知症的症状がみられたそうです。そのため、アルミ製の調理器具や弁当箱を避ける傾向が一時的に起きて問題になりました。でも、ＷＨＯは因果関係を否定も肯定もしていません。論争は一部の専門家の間で今も続いてはいますが、もう全然トレンドじゃないです。歴史の１ページっていうところですかね」

杏里はプレパラートを交換して鏡検を続けながら言った。

「最近は老人斑のアミロイドとＣＪ病の脳に見られるクールー斑のアミロイドは別物だということがわかっています。私もアミロイドに対する抗体を作製した時に、その抗体で脳の老人斑やクールー斑を染めてみたことありますけど、全然反応しませんでした。ですからこれら脳病変とアルミニウムを安易に結び付けない方がいいです」

杏里の説明に感心した様子で由香が言った。

「そうか、さすがアンリ先生はよく勉強してる。アルミニウムのことは知り合いの生物学者から訊かれたんだけどね、その人は認知症になりたくないからって今でもアルミ製のケトルとか鍋を使わないようにしているし、アルミを含むベーキングパウダーや解熱鎮痛剤にも気を付けているんだって」

「そういうのは発がん性を気にしてハム・ソーセージの発色剤や、こんがりきつね色のソテーや焼き魚をいちいち避けるのと同じようなものでしょう……あぁ、そうだっ、比較検討のためにバイト先から借りたＣＪ脳のパラフィンブロックをまだ返してなかったこと、おかげで思い出しました、早く返さなくちゃ。アルミニウムよりプリオンの方がよっぽど怖いですからね」

そう結論付けた杏里に、由香はおどけた仕草を見せながら言った。

「だよね、ありがと。今度プシの彼氏にも訊いてみてよ」

「もう会ってません、別に彼氏じゃないし……」

顕微鏡から顔を上げた杏里は、開けっ放しのドアから出ていく由香の背中に向かってそう答えた。

由香と入れ替わりに磯村が部屋に入ってきて言った。

「アンリ先生、こないだは小細胞癌のレポート見てくれてありがとうございました。おかげで教授の検閲は30分で終わって、助かりました」

「よかったね」

「それで、もう1例お願いできますか？　今度の症例はＣＰＣ（臨床病理カンファレンス）にかかる予定なんで……」

「いいよ、何の症例？」

「肝硬変による門脈圧亢進症で食道静脈瘤が破裂して死亡した症例です」

杏里は臨床データと剖検記録に目を通してから、肝臓と食道のプレパラートを顕微鏡のステージにのせた。そして接眼レンズを調節しながら言った。

「腹水が5リットルも……、苦しかっただろうなぁ。それはともかく、肝硬変から死に至るストーリーとしてはティピカル（典型的）と言うか教科書的だね。肝機能はそれなりに悪い？」

「AST・ALTとも3桁行ってますが、ASTの方が高いですね。γGTPは90ユニットを超えて高いです。ビリルビンとアンモニア値も高いです。ただし、肝炎ウイルスはB型C型とも陰性です」

そう答えた磯村は臨床のレポートに目を落としたまま続けた。

「この患者は59歳の男性、アルバイトで生計を立てていたようで、アパートに一人暮らしでした。生活はかなり荒れていたみたいです。現病歴は不明で、大量の吐血をして倒れているのを発見されました。お姉さんがいるのですが、この30年お互い音信不通だったそうです。でも少しでもお役に立つならばって、病理解剖に同意してくれました」

そして磯村は顔を上げると少し躊躇してから自分の考えを述べた。

「ウイルス性肝炎からの進行ではなかったとすると、中年男性の孤独死ですからアルコール性肝障害とかだったのではないかと思います。証拠はないんですが……。ちなみに血清総タンパクが4g／dℓ、アルブミンが3g／dℓの低栄養状態でした」

「データを見る限り肝障害は確かだけど、その原因がアルコールだったかどうかは、病理医としては不明と言わざるを得ないね。アルコール依存症は精神科の領域だから、この患者のように現病歴が不明だと確定するのは無理だわ」

思案顔でそう答えた杏里は何か閃いたように目を輝かせて言った。

「でも、ちょっと待ってよ……、脳の標本を見せて……乳頭体の割面で第3脳室の壁にある視床を調べてみましょう。それから、もっと大事なところ、脳幹中脳の神経核が無事かどうか確かめないと……」

「はい」

磯村は何が起こっているのかわからないまま杏里の指示に従って脳のプレパラートを用意した。顕微鏡の接眼レンズから目を離さないまま、杏里は声を上げた。

「ビンゴ！　視床の神経核……中脳の動眼神経核・滑車神経核の神経細胞が落ちてい

る、外転神経核も……。この患者、亡くなる前に眼球運動障害が起きていたと思う」

「それが？」

話についていかれない磯村が不安げにそう呟くと、杏里は笑顔になって言った。

「ウェルニッケ脳症だった可能性が高いってこと。磯村くん。つまりこの患者はビタミンB_1（サイアミン）欠乏症だった可能性が高いっていうこと。昔の教科書にはね、アルコール依存症の人がお酒とつまみばかり食べているために陥ることの多い栄養障害って書いてある。でも最近はサイアミン投与で直ぐ回復するから、剖検例で見かけることは滅多になくなったわけ。だから、こんなに美しくピュアなウェルニッケ脳症の顕微鏡像にお目にかかれるとは感激だわ、すごい！」

宝物を見つけた子供のように嬉々として脳の標本を観察している杏里を、不思議そうに見ていた磯村が言った。

「なんかアンリ先生楽しそうっすね」

「そう？　変かしら、まぁ、いいや。標本に印付けておくね。この4つのマークで囲んだところを撮れば、インパクト抜群のプレゼン用顕微鏡写真になる。CPCでこの所見を提示すれば、臨床がつかまえられなかった肝障害の原因として、アルコール依存症の可能性を病理が示唆すること……できると思うなぁ。患者のお姉さんが病理解剖に同意してくれたおかげだよ。磯村くん、やったね、グッジョブ！」

　やっと話の趣旨を理解した磯村が応えた。

「ありがとうございました。ビタミンB1欠乏症と言えば脚気ぐらいしかピンとこなくて……昔の病気だと思ってましたよ。アンリ先生に見てもらって良かったっす」

　杏里は顕微鏡の対物レンズを弱拡大に戻して、プレパラートのガラスに付けたマーカーペンの印を確かめながら言った。

「こちらこそ久しぶりに頭の体操ができたよ、ありがとうね」

　磯村は改めて感心した様子で杏里に声を掛けた。

「アンリ先生はホントに病理が好きなんですね」

　顕微鏡から顔を上げた杏里は磯村の目を見て言った。

「うん、いろんな状況証拠を『ああかこうか』って、パズルみたいに考えるのが私は好きだなぁ。推理小説の謎解きみたいでワクワクする。磯村くんは違うの？」

　資料を片付けながら、磯村が返答した。

「僕は臨床に戻りたいです。学問とか研究よりも、とにかく現場で患者が治るのを直接支えたいです」

「ふぅん、そうなんだ……。今、磯村くんが『患者を治す』じゃなくて『患者が治るのを支える』って言ったでしょ。それって、すごく素敵な表現だと思うよ。何故なら、傷病を乗り越えて生きていく力は患者自身のものだから。医者や薬はその手助けをしているだけなんだ。磯村くんはその謙虚さを忘れないでね」

脳のプレパラートを手渡しながら、杏里は続けて言った。

「病理学はね、ミクロの世界を覗きながらも、常に一歩引いて全体像を見ようとする学問なの。だからここで学んだことは、磯村くんが臨床に戻ってから必ず治療の役に立つと思う。きっとね」

後輩にエールを送った杏里の顔には満足そうな笑みが浮かんでいた。

カッサンドラの嘆き

その夜、杏里が電車を降りて川口駅を出たのは午後9時頃だった。駅前は帰宅を急ぐ人やこれから盛り場に繰り出す面々で賑わっていた。人混みを縫うように歩くうちに、行き交う人の姿は徐々にまばらになっていった。そして、マンションに向かって最後の路地を曲がった時、歩いているのは杏里一人になっていた。

突然、杏里は立ち止まった。誰かに見られているような気がした。思い切って一度振り返った。しかし、遠くの交差点を通過するタクシーのライトが目に入っただけで、周囲に人影はなかった。

そこからは急ぎ足になった。マンションに着いてオートロックを解除し、建物の中に入った。自分の目でエントランスのガラスドアが閉まるのを確認して、ホッと息を吐くことができた。

単なる思い過ごしだろうと自分に言い聞かせた。過敏になっている感覚を落ち着かせようとして、仕切り直しのつもりで一度深呼吸をした。それから、ゆっくり郵便受けに向かい、３０１号のボックスを開けて郵便物を取り出した。

その瞬間、視界の端で何かが動いたような気がした。

驚いた杏里は彫像のように固まった。頭の中では自分の心音が鼓膜を連打していた。杏里の位置から見えたのは、エントランスのガラスに映る郵便受けの外側の景色だった。そして、そこに映っていたのは紛れもなく人影だったのだ。杏里はうなじからこめかみにかけて髪の毛が一斉に逆立つのを感じた。

『しまった、部屋の番号を知られてしまったかも……。マンション裏の外階段は柵を乗り越えれば簡単に侵入することができる。部屋番号を知られたとしたら、かなりまずい。戸締まりを厳重にしなければならない』

エレベーターで3階に着いた杏里は急いで玄関の鍵を開けようとした。ところが、ドアは施錠されていなかった。

「ちょっと、マリエ！　マリエったら」

靴を脱ぎながら大声で呼ぶと、万里江は無言で杏里の前に現れた。

「鍵かかってなかった！　忘れずロックしてよ、不用心じゃないの。こんなことしてたら、危なくてしょうがないよ！」

そう杏里が小言を並べたのに対し、万里江は一言だけ返した。

「忘れてない」

『嘘だ、玄関の鍵はかかっていなかった』と、妹を怒鳴りつけたい気持ちが瞬間的に湧き起こった。しかし、今しがたの出来事を注意事項として共有することの方が優先と考えて、杏里は何者かに尾行されたかもしれない話を始めた。

「駅から誰かにつけられていたらしいの。郵便受けを開けているのを見られたとしたら、部屋番号も知られたと思う。もしストーカーだったらって考えると、気持ち悪いし怖いし……」

そこまで話したところで、杏里は思わず次の言葉を飲み込んだ。その理由は、無表情だった万里江が突然可笑しそうに吹き出したからだった。

「クッ、ククッ、ヒッ、ヘッ、ぐふっ」

杏里は込み上げた苛立ちを吐き捨てるように言った。

「何が可笑しいのよ！」

「だって、ストーカー？　クックッ」

『そこで笑うか？　このバカ！』と、胸の中で怒りの感情が爆発した。杏里は呆れると同時に、万里江の予想外の爆笑に心底戸惑った。彼女は子供の頃から共感力が薄く思いやりのない子だった。一緒に出掛けても、つまらないと思えば家族の都合にはお構いなく自分だけ先に帰ってしまうことができる妹だ。

少女時代の杏里はそんな万里江にいつも振り回されていた。貯めていた小遣いをゲーム代に使われてしまったこともあった。杏里は理不尽なトラブルに次々と見舞われる中で、『お姉ちゃんだから』の我慢を強いられ続けた。自分をなだめて納得させるために、万里江の協調性に欠ける行動は個性なのだから仕方ないと割り切ることにしていた。しかし、そんな自己犠牲は無駄であると分かったからには、今日限りやめようと決めた。

一方で、怒りが徐々に鎮まるにつれ『もしかすると、この子、本当に精神を病んでいるのかもしれない』との思いが胸を過った。

すると、笑いがおさまった万里江が急に真顔になって言った。

「ねぇ、CJ病って何？」

今度は直に心臓を掴まれたような恐怖に襲われた。

この一撃で杏里の思考は完全に止まった。必死になって平静を装いつつ、万里江の目を見て尋ねた。

「えっ、私の部屋の研究試料を勝手にいじったの？」

すると万里江は目線を上下左右にキョトキョト泳がせながら答えた。

「お姉ちゃんだって……ワタシのパソコン勝手に見たでしょ」

　杏里はコートを脱ぐのも忘れて自室に入り、棚を調べ始めた。そこに重ねて置いてあったボール紙製の箱のうち、ラベルにCＪ病・脳と記されたものを手に取った。箱の中には脳のパラフィンブロック10個が入っているはずだ。それらはCＪ病（クロイツフェルト・ヤコブ病）患者の剖検例から採取された脳組織の貴重なパラフィンブロックで、杏里がバイトをしていた老人病院で神経病理学研究室の川谷部長から借りたものだった。部長がCＪ病の第一人者であることを知った杏里が直接お願いして比較対照の研究用試料として貸していただいたものだった。

　この大切なパラフィンブロックを人の出入りが多い大学の研究室に置いて、万一、事情を知らない誰かの手で移動されたり持ち出されたりしたら、取り返しのつかないことになる。そう考えた杏里はそれら借り物のブロックを安全に保管するために自宅に持ち帰っていたのだった。当時は直ぐに返却するつもりだったが、川谷部長が不慮の事故で急死されたため、うっかりそのままになっていた。

　箱の蓋を開けて、中に10個のパラフィンブロックを確認した杏里はひとまず安堵した。それにしても、万里江は何故CＪ病について尋ねたのだろう。頭の良い子だから、インターネットを使えば「CJ病」の検索から「クロイツフェルト・ヤコブ病」の解説にたどり着くのは容易だ。彼女なら、致死率100パーセントのこの病気がプリオンと呼ばれる異常タンパク質の感染粒子により発症することも理解できるだろう。実際、万里江は既に調べた上で、杏里の反応を見るためにわざと質問をしたものと思われた。

そんなことを考えながら、杏里はディスポ手袋をはめた手で脳のパラフィンブロックを一つずつ確かめ始めた。9個は問題なく、パラフィンでしっかりカバーされていた。しかし、最後の1個を手に取って詳細に観察した時、全身の血の気が引くのを感じた。

そのブロックだけは何者かによって刃物で一部削り取られた形跡があり、脳組織が露出していたのである。台木には「クールー斑、海綿状変性」と書かれていた。それは試料として最も適したブロックに杏里が鉛筆で記したものだった。最も適しているとは、CJ病の典型的病理像がそこに見られることを指している。すなわち、プリオンが多量に存在している「最も危険なパラフィンブロック」であることを意味している。

杏里は震える手でデスクの引き出しを開けた。そこからシールできるビニール製の試料用小袋2枚を取り出して二重にした。そして、周囲の物に触れないように慎重かつ注意深く、その小袋に問題のブロックを入れた。

誰の仕業かは聞くまでもなかった。しかし、削り取られた脳組織が今どうなっているのかは確かめなくてはならない。パラフィンブロックを入れた小袋を万里江の前に差し出しながら、杏里は意識して静かな口調で言った。

「ここから削り取った組織を返しなさい」

「もうない」

「どうして？」

「誰かさんが食べちゃったから」

そんなことはあり得ないと思いながらも、杏里は吐き気を覚えた。

すると万里江は薄ら笑いを浮かべて言った。

「大丈夫だよ、お姉ちゃんじゃないから」

それ以降、繰り返し何度訊いても万里江は何も答えようとはしなかった。

翌日、杏里は問題のブロックを大学の研究室に持参し、改めてパラフィンでしっかり覆ってシールした。そして、これら借り物のパラフィンブロック10個を返すために老人病院へと向かった。

　神経病理学の研究室前の廊下を歩く古参の技官を見つけて呼び止めると、杏里は言った。

「お久しぶりです、相沢さん」

「あれ、アンリ先生、珍しいですね。当直のバイトですか？」

　振り返った相沢が笑顔になってそう応じた。杏里は相沢が自分のことを覚えていてくれたことに感謝して、ブロックの箱を入れてきた紙袋を差し出しながら答えた。

「もうバイトは卒業したの。今日は川谷部長からお借りしていたパラフィンブロックをお返ししに来ました。遅くなってごめんなさい」

「あぁ、ＣＪ脳のブロックですね。倉庫に戻しておきましょう」

「よろしくお願いします」

　そう言って頭を下げた杏里は、何も記入されていないホワイトボードを見やって訊いた。

「この病院でも解剖の依頼は減ってるんですね」

「そうなんですよ。剖検率が病院の評価になっていた頃と違って、臨床が消極的になりましたからね。ＡＩの時代になって、ここも様変わりしました。画像解析や新手の器械を使えば、剖検なんかしなくてもすべてが分かると勘違いしている医者が増えました。でも皮肉なことに、今でもターミナルの重症患者情報だけがこちらの研究室にも自動的に回されてくるんですよ。昔はその知らせを受けて解剖の準備をしたものでした」

杏里が頷くと、相沢が思い出話を語るように続けた。

「川谷先生がお元気だった頃が懐かしいです。アメリカの学者が1980年代に唱えた『CJ病は異常プリオンの感染症』という説が脚光を浴びた時、先生はその可能性を認めたものの、プリオンですべてを説明するには不十分と考えておられました。ですから、CJ病の原因はいまだ不明との立場をとったのです。それでもCJ病患者の剖検時には解剖室を養生シートで覆い、スタッフから感染者を出さないように先生は細心の注意を払ってましたよ。とても慎重な人でした」

それを聞いた杏里は、CJ脳を食べたら本当に感染するかどうかを是非とも確かめたいと考えて質問した。

「その頃のこととかプリオンの感染を防ぐ方法についてよく知っている人、この病院にまだいらっしゃいますか?」

相沢は暫く考え込んでいたが、ポツリと言った。

「そうですねぇ……精神科の佐山先生が何度か手伝いにいらしてましたね。今日はたぶん外来担当ですから、この時間ならまだ診察室にいるでしょう」


　杏里が精神科の外来を訪れた時、その日最後の患者が診察室から出ていくところだった。前触れなく現れた杏里に気付いた佐山は一瞬驚いたような表情を見せたが、直ぐに笑顔になって声を掛けてきた。

「アンリ先生が来てくれるとはサプライズですね」

　それに対して杏里は笑顔を見せることなく、強張った声で言った。

「先日、佐山先生は『専門はＣＪ病』って言った後、直ぐに冗談だったたって否定しましたよね。それ、全部嘘だったんですね。さっき、神経病理の相沢さんから聞きました。佐山先生はＣＪ病の研究で有名な川谷先生の仕事を手伝っていたと」

　佐山は早口になって釈明した。

「いや、それは誤解です。嘘じゃなくて、ＣＪ病の第一人者である川谷先生の剖検を見学させてもらっただけで、一緒に研究をしていたわけではありませんから」

　照明が落とされて薄暗くなった外来待合室には、漠然と人恋しくなる空気が漂っていた。そこに、杏里と佐山の二人だけが取り残されていた。

「研究室で話しましょう」

佐山はパーテーションで仕切られた狭い研究室に杏里を案内した。杏里が他のデスクを気にしていると、佐山は少し慌てた様子で来客用の椅子の上に無造作に積まれていた文献や資料コピーの山をどけながら言った。

「今日、他のドクターは出張でいないから……あぁ、でも変な意味じゃないですよ。気兼ねなく話してください」

杏里は勧められた椅子に座り、佐山がデスクの上を片付ける様子を見守っていた。胸ポケットから臨床検査基準値早見表を出して引き出しに入れながら、佐山は少し気恥ずかしそうに言った。

「専門外の検査の基準値って、全部はとても覚えきれません。だから、外来ではこのカンペがあると助かることが多いんですよ」

佐山の言い訳よりも、その引き出しの中に瞬間的に見えた沢山の診察券に杏里は目を奪われた。どうしてこんなところに何枚もの診察券……との疑問が頭を過ったものの、杏里は本題の話を始めた。

「単刀直入に伺います。ＣＪ病の脳組織を鼻や口から摂取した場合、どのくらいの確率でＣＪ病を発症するでしょうか？　もちろん一般論ですが」

驚いた様子で杏里をポカンと見つめていた佐山は、ふと我に返って話し出した。

「いきなりそんな具体的なことを訊かれたのでびっくりしました。質問の意図がよく分かりませんが、一般論でというご要望でしたので、僕も一般論でお答えしますね。アンリ先生はカニバリズムをご存じですか？」

杏里が首を横に振ると、佐山は僅かに頷いて続けた。

「パプアニューギニアの東部高地に暮らす原住民族には人肉を食べる習慣、つまりカニバリズムがあります。この民族には昔からクールー病と呼ばれる奇病があって、その病気は人肉を食べることによって伝播されることが１９６０年代に解明されました。クールー病の脳病変はアンリ先生もご存じのようにＣＪ病に見られる海綿状変性と同じで、老人斑に似たクールー斑の出現もあります。そして、１９８０年代にはクールー病やＣＪ病、それから羊のスクレイピーと狂牛病（ＢＳＥ）などもプリオン病に分類されるようになりました」

自分の記憶を整理するように、佐山は一度視線を天井に向けてから再び話し出した。

「一つ例を挙げましょう。２００５年頃にアメリカのニュージャージー州にある人口数万人規模の小さな町で10人以上がＣＪ病を発症して亡くなりました。孤発性ＣＪ病の有病率は100万人に一人と言われていますから、極めて異常な出来事です。その十数名の共通点は地元の競馬場レストランで食事をしたことでした。そして、その店の名物は今では特定危険部位に指定されているTボーンステーキだったのです。状況証拠しかありませんが、狂牛病のプリオンを食べたことがCJ病発症の原因と思われます」

すると、今度は大きく頷いた杏里が応えた。

「CJ病は細菌やウイルスといった『微生物による感染』ではなくて、プリオンという『物質により移る病気』ということですよね。プリオンは微生物のように増殖はしない。だからパンデミックのような感染拡大を恐れる必要はない。しかし、別の個体に人為的に『移す』あるいは偶発的に『移る』ことは可能です。私が知りたいのは、そのプリオンの量と発症確率の関係です」

佐山は少し考え込んでから口を開いた。

「結論から言うと、その答えは分かりません。理由は、極めて稀な病気であること、それと、様々な経路で体内に入ったプリオンがどうやって脳の海綿状変性やクールー斑出現を起こすのか、そのプロセスが解明されてないからです。ただ、例外的に因果関係がはっきりしているケースもあります。それは医原性CJ病です。例えば、昔は脳外科手術の際に死体から採取された乾燥硬膜を使うことがありました。その硬膜移植にＣＪ病で死亡した人の硬膜が使われた場合、ほぼ１００パーセントＣＪ病を発症します。川谷先生はこの移植が原因で亡くなった患者の剖検も担当されたそうですよ。その結果を踏まえて、日本でもヒトの硬膜は１９９７年に使用禁止になりました」

杏里は身を乗り出して言った。

「その話は私も知っています。潜伏期間は８年とか言われていますが、硬膜などの移植によってプリオンが移された場合はもっと短いようですよね。その辺の詳しい情報はありませんか？」

不自然なほど積極的に詳細を知りたがる杏里に対して、佐山は訝しげな表情を浮かべた。そして、やや困惑した様子で再び天井を見上げてから言った。

「随分とディテールを攻めますね。アンリ先生の質問の答えになるかは分かりませんが、僕の記憶にある範囲でお話ししますね。川谷先生によると、たしか最初の報告は１９７０年代、臓器提供された角膜を移植された人が１年半後にＣＪ病を発症した例です。それから、ＣＪ病患者の検査に使った脳波用電極を他の人に使用した際、フォルマリン蒸気滅菌していたにもかかわらず約２年後にＣＪ病を発症したそうです。アンリ先生がおっしゃるように、医原性ＣＪ病の潜伏期間は自然発症よりはかなり短いかもしれませんが、何とも言えませんね」

「そうですか……」

「あぁ、それと、真偽のほどは不明ですが、ＣＪ病患者の剖検に際して、遺体から採取された脳のパラフィンブロックやパラフィン切片を専門に扱う技師がＣＪ病を発症したという噂は聞いたことがあります」

　これこそ知りたかった情報だ。杏里はついに核心にたどり着いたと感じた。さらに質問を重ねようと口を開いた時、デスクの上の内線電話が鳴った。

「はい、あー、そうです。今、外来が終わったところなんで……、はい、これから直ぐ行きます」

　受話器を置いた佐山は立ち上がりながら杏里に言った。

「会議があることを忘れていました。また今度、食事にでも行きましょう。椅子はそのままでいいですよ」

　佐山は杏里の返事を聞かないうちにあたふたと研究室を出て行った。佐山に続いて部屋を出て行きかけた杏里は、ふと思い出してデスクに戻った。ドアが完全に閉まっていることを確かめてから、そっと引き出しを開けた。中から先ほど目に入った診察券が現れた。それぞれ別人のものと思われる20枚ほどの診察券を調べているうちに、薄っすらと記憶に残っている名前を見つけた。それは、あの当直の夜、縊死した患者の死亡診断書を確認した際、そこに印字されていた患者氏名だった。

　診察券を戻した杏里は音を立てないようにゆっくり引き出しを閉めて、逃げるように研究室を出た。


　結局、一番知りたかった情報を得られなかった杏里はモヤモヤした気分のまま老人病院を後にした。大学院研究室に戻ると、杏里の席に由香が座っていた。

「こないだのシェーグレン症候群生検のプレパラートと病理診断、持ってきてあげたよ。どうしたの？　元気ないじゃん」

　標本トレーと診断レポートをデスクに置いて立ち上がった由香がそう言うと、杏里は荷物を片付けながら応えた。

「ちょっと、いろいろあって……」

「妹さんのこと？　また何か問題？」

　由香の質問に頷いた杏里は、深いため息をついて言った。

「妹が何を考えているのか全然わからないんです。昨夜も私がストーカーに尾行されたかもしれないって言ったら可笑しそうにゲラゲラ笑うんですよ。気味が悪いです」

その言葉を聞いた由香は心配そうな表情を浮かべて杏里の顔を覗き込んだ。それから何か思い出したように口を開いた。

「アンリ先生、カッサンドラ症候群かもね」

「何ですか？　それ」

「カッサンドラはギリシャ神話に出てくるトロイアの王女、聞いたことあるでしょ」

「『トロイの木馬』の話ですか？」

「うん、まあ、呼び方はトロイでもトロイアでもいいよ。とにかく、カッサンドラには予知能力があった。だけど、アポロンの求愛を拒んだために彼女の予言を誰も信じない呪いがかけられて、結果、トロイアはギリシャに敗けてしまったという話。それで、アスペルガー症候群とかの発達障害がある人の家族が陥る抑うつとかの不調をカッサンドラ症候群って呼ぶんだってさ。生きづらさは本人だけの問題じゃなくて、パートナーや家族も他人には分かってもらえない苦労を抱えているっていうことだよね」

杏里は少し微笑んで言った。

「ユカ先生よくご存じですね」

「『症候群』ってついてるけど、正式な病名じゃないの。だから、今喋ったことは週刊誌で仕入れた知識。発達障害かどうかは別にして、アンリ先生が妹さんのことで悩んでいるみたいだったのが気になってね、ちょっと読んでみた。何か気掛かりなことがあるなら、私でよければ聴くよ」

杏里は由香の明るさに救われた。気持ちが上向くと同時に、万里江がCJ脳のパラフィンブロックを削り取った件が胸中に浮上してきた。皮肉なことに、心が軽くなった分だけ余計に妹の行為が耐えがたいほど重くのしかかっていることを唐突に実感したのだった。杏里は誰にも話すまいと決めていた万里江の奇行について静かに話し出した。

万里江がCJ病の脳を誰かに食べさせたかもしれないと聞かされた由香は、さすがに驚いた様子で尋ねた。

「その量はどのくらい？」

「1グラム弱だと思います。パラフィンを除いた脳実質で、多めに見て50ミリグラムというところでしょう」

「そんな少量でもCJ病は発症するものなのかしら……」

そう言って、暫く考え込んでいた由香は別の疑問を口にした。

「食べたのがアンリ先生じゃないとするると、誰に一服盛っちゃったんだろうね」

杏里は渋い顔で肩をすくめると答えた。

「見当もつきません。私以外には予備校の自習室かコーヒーショップぐらいしか他人と接触する機会はないので……」

するると、腕組みをした由香が考えをまとめようとするかのように、何度か頷いてから大きく息を吸って言った。

「もしかするると、妹さんがまだ持っているのかもしれないよ。最も効果的な使い方を模索中とかね。どっちにしても、発症には数年かかるらしいし、だいいち発症しないかもしれない。だから、そんなに深刻にならないで、忘れていてもいいんじゃないかな」

杏里は由香の目を見据えて答えた。

「もしもプリオンが移ることによってＣＪ病を発症するかもしれないと分かっていて誰かに食べさせたとしたら、それは罪ですよ。深刻になるなと言われても、罪は罪、犯罪は犯罪です」

「なるほど、犯罪か……、倫理的には確かに真っ黒だね。法律のことはよく知らないけど、殺意があったことを本人が自供しない限り立証は難しい。それに『未必の故意』ってやつは、被害が発生しなければ罰することできないでしょ。事件そのものが存在しなかったことになる。アンリ先生はそれでも犯罪だと言うの？」

　いつもはジャーナリスト張りに社会の矛盾点を熱く語る由香が、客観的かつ冷静な分析をしていることは、杏里にとって意外だった。頭の中を整理するために、一度目を閉じた杏里は再び持論を語った。

「証拠がなくても、そんなことをする人間は人命を扱う医師になるべきじゃないです。私は彼女の医学部受験をやめさせなくちゃならないと思っています」

　杏里の強硬な態度を受け止めた由香は目線を天井に向けて、今度は大きく息を吐いた。そして、子供を諭すような口調で言った。

「いやいや、それはちょっと違うと思う。医学の近現代史を考えてごらん。実験とか研究とかの名目で人間は今回の妹さんと同じようなことを繰り返してきた、過ちも含めてね。だから妹さんのような人は、考えようによっては医師や研究者に向いていると言えないこともない。少なくとも進路を決めるのは本人。なりたいものになればいい。アンリ先生は妹が人の道を踏み外さないように、姉として見守ってあげればそれでいいんじゃないかな」

　杏里は視線を逸らせて答えた。

「もういいです。ユカ先生の言いたいことはわかりますけど、受け入れられません。私には無理です」

由香は杏里の発言を受けて何か言おうとしたものの、考え直した様子で肩をすくめるとそのまま部屋を出て行った。

自分では当然のことと考えていた判断を先輩からやんわりと否定されて、杏里は動揺していた。臨機応変に清濁併せ呑むのが大人であって、正義とか信念を振りかざすのは青臭いということなのだろうか。由香の主張は間違いとまでは言わないが、どう考えても賛成はできない。それよりも、味方になってくれると信じていた由香に予想外の反論をされたことの方がショックだった。これまでに意識したことのない孤独感が杏里の心にじわじわと暗い影を落とし始めていた。

数日後、資料やパソコンを抱えて騒々しく研究室に戻ってきた磯村が上気した顔を向けて言った。

「アンリ先生、おかげさまでＣＰＣバッチリでしたよ。ウェルニッケ脳症の顕微鏡所見を褒められました」

荷物を下ろした磯村は杏里がいつもと違う重苦しい空気をまとっていることに気付いて、おずおずと訊いた。

「あの……大丈夫ですか？」

「えっ、あー、ちょっと考え事してただけ。磯村くんよかったね」

「はいっ、アンリ先生のおかげです。先生に上手なプレゼンのやり方を教えてもらったこと、こないだバイト先で助けてくれた佐山先生にも話したんです。そしたら佐山先生、アンリ先生のことをすっごく褒めてましたよ。クシャミ出ませんでしたか？看護師たちは佐山先生のことを変な人だって言ってますけど、あの先生優しいから僕は好きです」

　変な人という表現に反応した杏里は振り返って尋ねた。

「ねぇ、『変』ってどんな風に変なの？」

「あぁ、ナースステーションの後ろにある重症患者用の病室の近くで佐山先生をよく見かけるので、ニックネームは『死神くん』だそうです。それから、これはちょっと信じられない話ですけど、彼らが言うには、佐山先生は死亡退院した患者の診察券をこっそりコレクションしてるって言うんですよ」

夜、大学の研究室から帰った杏里がマンションの郵便受けの中にそのメッセージカードを見つけたのは、12月半ばのことだった。封筒に宛名はなく、封もされていなかった。カードには鉛筆の手書きで「ピザを届けてあげる。また、二人で一緒に食べようね。ピザ、好きでしょ」と記されていた。

何とも言いようのない気味の悪さから逃れたくて、今すぐにそのカードを破り捨ててしまいたい衝動に駆られた。その時、コートのポケットでスマホのバイブが鳴った。自分のスマホの振動音に驚いて、杏里はパニックを起こした。震える手でポケットから出したスマホをもう少しで落とすところだった。

電話は佐山からだった。

「先日は話が途中になってしまってすみませんでした。そのお詫びもかねて、今度ご馳走しますよ……、もしもし、どうかしましたか？　大丈夫？」

「はい」

そう短く答えた杏里の声は嗚咽に近いものだった。様子がおかしいことを察知した佐山が重ねて訊いた。

「ホントに大丈夫？」

佐山に助けを求めようと口を開きかけた杏里の脳裏に、突然いくつかの場面が蘇った。縊死の処理で初めて助けてもらったあの晩、優しい物腰に油断した杏里は川口に住んでいると話した。それから、一緒にミラノ風ピザの店に行った……、そう、ピザだ。その人は、夜中に重症患者の病室付近をうろつき、死亡退院患者の診察券収集癖を持つ死神くんと呼ばれる変な人……。考えてみれば、あの晩も彼は直ぐに現れた。まるで待ち構えていたように……。記憶や情報として別々に見えていた点と点が線で繋がった。

そして、疑いが確信になった。

その途端、本来は拮抗して働くはずの交感神経と副交感神経の両方が同時に暴走を始めた。胃袋が裏返ったような吐き気と眩暈を感じるほどの頭痛に襲われた杏里は、まさかとは思いながらも訊かずにはいられなかった。

「佐山先生、私の後をつけてマンションに来ましたか？」

「えっ、何を言っているの……、僕はそんなことしてませんよ……、アンリ先生、どうしたんですか？　何だか変ですよ」

杏里は確かにいつもとは違って興奮して攻撃的になっていた。

周囲に警戒する視線を走らせながら、上ずった震え声で佐山を責めるように言った。

「そんなこと言って、今、本当は何処か近くにいて私を見ているんじゃありませんか？　そうなんでしょ」

するとく佐山は困惑した声で応えた。

「僕はまだ病院の研究室にいますよ。アンリ先生、いったい何を言っているのか分かりません。しっかりしてください」

「とぼけないで！　もう私に構わないで」

そう言って、杏里は一方的に電話を切った。

佐山の「裏の顔」を強く疑った結果、滅多に表出することのない嫌悪感が急激に膨張して、杏里は電話と一緒に自身の緊張の糸を切ってしまった。混乱する感情と点在する事実を整理できない焦りの中で、ぐったりと壁にもたれて天井を見上げた。どうしてこんなにも心が痛いのだろうとの思いが募った。視線の先の景色が滲んで見えた。

自宅に入り玄関ドアを後ろ手に閉めてロックした杏里は安堵すると同時に得も言われぬ哀しさを感じていた。足を引きずるようにしてダイニングに行き、コートを椅子の背に掛けると、そのままぐったりと座り込んだ。

するると、万里江が部屋から出てきて、何か言いたげな表情を浮かべて杏里の前に座った。妹が、呼ばれもしないのに自分から姉に話しかけようとするのはとても珍しいことだ。

先に口を開いたのは杏里だった。

「どうした？」

万里江はスマホをいじくりながら答えた。

「お金貸してほしい」

「何に使うの？」

「新しいスマホを買いたい」

「今持ってるのが壊れたの？」

「壊れてないけど、壊れてるのと一緒で、使えないから新しいのが必要なの」

それは不思議な要求だった。もともと他者とのコミュニケーションが苦手でパソコンだけが「友達」の万里江は、連絡用にスマホを持ち歩くことさえめんどくさいと言っていた。このように、ＳＮＳに興味なく、ＬＩＮＥも使わない生活をしている彼女が新しいスマホに替えたがるのは奇妙なことなのだ。

「よくわかるように説明してくれなきゃ、お金貸せないよ」

杏里がそう言うと、万里江は画面オン状態のままのスマホを杏里に手渡した。そこには電話の不在着信と一方的なLINE着信履歴が羅列されていた。繰り返しスクロールしても同じような画面が延々と200件以上続いていた。

LINEは『今何してる?』『ご飯食べた?』『おはよう』『おやすみ』など、他愛もないものばかりだった。しかし、それに対して万里江からは一切返信していない。そして、直近の文面は『なんで無視するの』『?』となり、さらに『?』の連打、最後は『バカにしてるだろ』『死ね』で終わっていた。

この送信者は相当プライドが高いらしい。万里江に無視されたことが我慢できず、怒りが噴きこぼれそうになっている。具体的に何らかの行動を起こすことで、相手に非を認めさせなければ気が済まないのだろう。

画面に見入っているうちに、次の着信があった。

『一緒にピザ食べたら許してあげる』

杏里は濡れタオルで首筋を撫でられたような不快感と得体の知れない恐怖を覚えた。もともと他人の気持ちを察することをしない万里江も、これにはさすがに何某かの異常性を感じたのだろう。

杏里はストーカーの標的が自分ではなくて妹であることに気付いた。狙われたのが万里江だとすると、犯人は万里江と一面識もない佐山であるはずがない。こうして、杏里の推理は出発点に戻ってしまった。そして今、浮かび上がった新たな謎が壁となって行く手を塞いだ。

スマホを万里江に返しながら訊いた。

「これ、相手は誰なの？」

万里江は暫く黙っていたが、やがて淡々と話し出した。

「予備校の自習室にいた男子……、名前は三浦優斗（みうらゆうと）。なよっとしてて弱そうで大人しそうな性格に見えたから、ちょうどいいと思って」

万里江の説明は杏里に別の問題を思い出させた。杏里は答えを聞きたくない気持ちを抱きながらも敢えて尋ねた。

「ちょうどいいって、何にちょうどいいの？」

「CJ病の脳を食べさせる実験。そのために、カラオケに誘った」

万里江はスマホをいじりながら、抑揚のない声でそう答えた。自責の念が露ほども感じられない態度に見えた。

「なんてことを！　ホントにそんなことをしたの？」

杏里は万里江の手を押さえて、確かめるようにそう訊いた。すると、顔を上げた万里江は悪びれる様子もなく言った。

「うん、カラオケ行って、ピザ注文して、三浦の側の半分にあれをふりかけたら気が付かないで食べちゃった。簡単だったよ」

「信じられない……」

杏里はそう呟いて、先ほど郵便受けに入っていたメッセージカードを万里江に見せた。万里江は顔をしかめてカードを一瞥しただけで、再び視線を手元に落として言った。

「食べるとホントに移るのか確かめてみたいし、発病するところを見てみたいと思った。だから、嫌だったけど連絡先交換した。でも、失敗だったよ。三浦がうざくてねちっこくて、電話やＬＩＮＥがめっちゃ来て困ってる。もっとたくさん食べさせればよかった」

「バカ、どうしてそんな酷いことしたの」

杏里は怒りを通り越して、ほとんど泣きそうになりながら責めた。

しかし、万里江は表情を変えずに応えた。

「ググったら、ＣＪ病はクロイツフェルト・ヤコブ病のことで、脳がスカスカになって死んじゃう病気だって分かった。それから、病気の原因のプリオンは移るって書いてあった。だから、それでCJ病になったらどんなふうに死ぬのか見たいと思った。最初はお姉ちゃんにしようと思ったけど、お姉ちゃんが死んじゃったら、いろいろ困ったことになりそうだからやめた。それで、三浦に食べさせることにした」

それが万里江の本心なら、杏里が妹に一服盛られていたかもしれない。その話を信じ難い思いで聞いた杏里は思った。

私のことがそれほど嫌いということなのか、いや、そうではないはずだ。この10年、妹と私はほとんど会わず、感情のすれ違いから諍いを起こす機会すらなかったのだから。

一方で、彼女が両親や姉にまったく関心を持たず、何とも思っていないことは、これまでの行動を見れば容易に想像できる。しかし、それが何故『死ぬところを見たい』という歪んだ興味の対象に結びつくのか、通常の精神では到底太刀打ちできない。彼女は愛情のようなものを抱いたことがないのだろうか?

母が可愛がっていたインコを何故……。

生命をないがしろにすることを悪行とは感じていない様子の万里江を見ていて、杏里は気分が悪くなった。

その時、杏里のスマホのバイブが鳴った。電話は佐山からだった。

杏里は慌てて繕うように言った。

「さっきはすみませんでした。私、とんでもない勘違いをしてしまって……、変なことを言ってごめんなさい。ホントにごめんなさい」

先ほどの電話でただならぬ気配を察していた佐山は、杏里の返事にとりあえず一息ついたものの、まだ緊張した声のまま応じた。

「なんだかとても混乱しているようだったので、アンリ先生のことが心配で……電話してしまいました。ご迷惑でしたか？」

「いいえ、大丈夫です。ご心配かけてしまいましたが、無事帰宅しました」

「今病院を出たところなので、これからそちらへ伺いましょうか？」

杏里は佐山の優しい言葉に救われた思いがした。万里江の奇異な行動について、今直ぐにでも佐山に相談して、今度こそ精神科医の意見を聞きたいと思った。しかし、最初から本人を交えて話すわけにもいかず、翌日会う約束をして電話を切った。

最初に会った時と同じように、夕方、二人は御茶ノ水駅前で待ち合わせした。お互いほとんど言葉を交わさないまま、ミラノ風ピザの店に向かった。

歩きながら佐山が言った。

「昨日は傍に妹さんがいて、彼女に聞かせたくない話だから言えなかったのですね」

「ええ、そうなんです。妹の万里江がストーカー被害に遭っているみたいで……」

杏里が周囲を行き交う人に気を遣いながらそう答えると、佐山は直ぐに訊いた。

「それは心配ですね。警察には相談しましたか？」

すると、さらに声を落とした杏里は佐山の耳に届くよう顔を近づけて言った。

「いいえ、まだです。実はストーカーだけではなくて、妹本人に大きな問題があるものですから、いろいろこんがらがって複雑すぎて困っています」

「なるほど、そうでしたか、分かりました。僕でお役に立つなら……」

食事を早々に切り上げた杏里は、少し改まった口調になって佐山に詫びた。

「最初、ストーカーの標的は私だと思い込んでいたので、佐山先生に電話でとんでもないことを言ってしまいました。恥ずかしいです。ホントにごめんなさい」

佐山は苦笑して応えた。

「つまり、僕が犯人だと？　でも、とにかく疑いが晴れたのなら良かったです」

それから、混み始めた店内をさりげなく見回した佐山は伝票に手を伸ばして言った。

「外はちょっと寒いですが、歩きながら話しましょう。その方がいいかもしれません」

杏里は頷いて立ち上がった。

二人は比較的人通りが少ない聖橋にやってきた。ベンチは冷たいので座らず、寒風を避けるように肩を寄せ合った。通行人の目には恋人同士に映るだろうと杏里は思った。しかし、話の内容は極めてシリアスだった。

「万里江がその男の子と知り合ったのは予備校の自習室で、一度だけ一緒にカラオケに行ったそうです。そして、連絡先を交換してから一方的なＬＩＮＥ、電話、そしてメッセージカードのポストインが始まりました。万里江はすべて無視したので直近のＬＩＮＥには『バカにしてるだろ』『死ね』という不穏な言葉が出てきました。このままエスカレートすると思いますか？」

佐山は思案顔になって言った。

「一般にストーカー行為に走る人はコミュニケーション能力が低いのにプライドが高く、粘着気質で承認欲求が強く、自分の思い通りに事が運ばない原因を他者に求める傾向があると考えられます」

「何だか私のことを言われているみたい」

　杏里が少し微笑んでそう言うと、佐山は大きく頷いて続けた。

「そう、おっしゃる通りなんです。これって誰でも普通に持っている気質で、我々にも当てはまると思いませんか？　要するに程度の問題であって、すべてが傷害事件や殺人に直結するわけではありません。ただし、今後エスカレートするかどうかは何とも言えませんから、最寄りの警察署に行って相談しておいた方がいいと思います」

「そうですよね、でも、警察に相談すると何が起きるんですか？」

「大丈夫、何も起きません。担当者が話を聞いてくれて、警察に介入してほしいかどうかを訊かれます。つまり、ストーカー行為を止めるよう相手に警告してもらいたいかどうかです」

　冷たい風に巻き上げられた髪の毛を手で押さえながら、杏里は困惑の表情を浮かべて呟いた。

「相手を刺激したくないので、警告まではどうかと……」

　佐山は風を遮ろうとして少し身体を寄せた。それから、手を伸ばして杏里の肩に触れようとしたものの、その手をそっと引っ込めて言った。

「気持ちは分かります。でも、警告はある程度の抑止効果があるそうですよ。警察から注意を受けると、例えば社会的地位がある人は自分の欲求と地位を失うリスクを天秤にかけて、ストーカー行為を止めることがあります。一方で、警告を受け入れたふりをして暴走を続ける場合は要注意です。とにかく一度警察に相談しておけば、差し迫った危険が発生した時には駆けつけてくれます」

「わかりました」

杏里は迷っていた。本心ではストーカーよりも万里江の異常な行動について佐山の意見を聞きたいと考えていた。しかし、いざとなると上手く説明できる自信がなかった。杏里が黙ったままでいると、佐山が何か察したように言った。

「もう一つ言ってましたよね、妹さんに問題があるとか……」

杏里は姉妹の生い立ちから話すべきであるとは思ったものの、寒さに耐えながらいろいろと考え巡らせるうちに、核心部分だけが口を突いて出てしまった。

「万里江が私の研究用試料からCJ病の脳のパラフィンブロックを削り取って、そのストーカー坊やに食べさせてしまったんです」

佐山は何も聞こえなかったのかと思われるほどポカンとしていた。たっぷり数秒間が過ぎてから、我に返った佐山は仕切りなおすように小さく咳払いして言った。

「失礼しました。一瞬、僕の脳ミソがバグったのかと思っちゃって……」

それから、ゆっくり咀嚼するように頷いて続けた。

「なるほど、納得です。あの時、アンリ先生がプリオンの摂取量とＣＪ病の発症確率について詳しく知りたがっていた理由がわかりました」

杏里はその言葉に飛びつくように訊いた。

「そのストーカー坊やはＣＪ病を発症すると思いますか？」

「正直なところ、分かりません。このまま何も起きないことを祈りましょう。それに、万一彼が発症するくらいなら、感染防御の手段無しで不用意にＣＪ病のパラフィンブロックを削ったり、それを持ち歩いたりした妹さんも危険です」

難しい顔になってそう答えた佐山を正面から見つめて杏里が畳み掛けるように言った。

「警察にストーカー被害を相談するなら、そのことも話さなくちゃなりませんよね」

すると、佐山は首を横に振って応えた。

「いや、ちょっと待ってください。警察の能力を疑うわけじゃありませんが、普通の警察官にＣＪ病の奥深さを理解できるかは疑問です。話が複雑になるだけでしょう」

杏里はなおも正論を貫こうとして言った。

「でも、遅発性感染粒子かもしれない物質をわざと摂取させたのですから、それは犯罪ですよね」

「そうとも言えません。過去に細菌やウイルスを故意に感染させた疑いで立件された事例は聞いたことがあります。しかし、この場合は相手がCJ病を発症しなければ、犯罪としては成立しません。また、仮に発病したとしても、その因果関係を証明するのは不可能でしょう」

同意してくれない佐山の返事に失望した杏里は遠い視線になって呟いた。

「先輩のユカ先生も佐山先生と同じことを言ってました。『未必の故意』っていうやつですよね。先生がおっしゃることはよくわかります。それでも私は、せめて定期的にMRIを撮るとかするべきだと思うのですが……」

なおも食い下がる杏里に対して、佐山は諭すような口調で言った。

「落ち着いて、よく考えてみてください。その費用や責任は誰が負うのですか、第一、そのストーカー坊やに誰がどうやって状況を正しく理解させるのですか？　これは動物実験ではないんですよ、アンリ先生が考えているようなことは無理です」

杏里は自分を支えていた信念が急速に萎えていくのを感じた。欄干にもたれて、膝ががくっとなってしまいそうなのを堪えながら囁くように言った。

「私はマリエが自閉スペクトラム症だと考えています、いわゆるアスペルガー症候群みたいな。でも、今は誰が正常なのかわからなくなりそうです。母もマリエの異常さを感じて困っていたのだと思います。だから、マリエが長野の田舎町で事件を起こす前に地元から遠ざけたかった。私、ホントはマリエの冷たい目が怖くて仕方ない。一緒に生活していると、時々ニュースで見るような凄惨な事件が頭に浮かんでしまいます。もしかして、変なのは私の方なのかしらっていう気までしてきちゃって……」

いつの間にか涙が溢れ、頬を濡らしていた。その様子を見た佐山は、今度は躊躇なく腕が触れ合うまで身体を寄せて言った。

「お姉さんだからって、そこまで自分を追い込まなくていいんですよ。いいですか、勘違いしている人が多いのですが、自閉スペクトラム症を含むいわゆる発達障害の直接的原因は一部の症例を除いて特定はされていません。言い換えれば、両親の育て方の問題や家族の愛情不足により発症したりするような類のものではないのです。今、アンリ先生は家族としてもっと協力するべきだったという自責の念に駆られて、妹さんの行動を監視して矯正しようとしています。僕がお願いしたいのは、妹さんを恐れる代わりに可能な限り観察して、先ずは理解者になってあげてほしいということです。それが第一歩だと思います」

「愛し方がわからなくても？」

「そう、たとえ愛し方がわからなくても……です」

佐山は身体を離した。そして、いざなうように右手で駅方向を示して言った。

「帰りましょう。今日はお宅まで送りますよ」


数日後、杏里は万里江を連れて川口警察署の生活安全課を訪ねた。佐山の忠告に従って、ストーカー被害の実態だけを話した。警察から相手に警告してほしいかを署員から訊かれて、万里江は首を横に振った。話し終わって席を立とうとした時、杏里に向かって署員が言った。

「もし、相手が自宅まで来てしまった時は、絶対にドアを開けないで、110番通報してください」

杏里はやや困惑顔になって訊いた。

「110番して、今日話したことを、また最初から説明するのですか？」

すると、署員は微笑んで応えた。

「今日相談を受けた内容や住所は記録されますから、説明は必要ありません。お名前と『今、ドアの前にトラブルの相手が来ている』とだけ告げてもらえれば、警官が駆けつけます。それから、外出先で相手に遭遇して身に危険を感じた場合にも同じように現在地をお知らせください」

「ありがとうございました。これで、少し安心できたような気がします」

杏里は部屋を出る前に改めて一礼した。万里江は徹頭徹尾一言も発しなかった。


事件が起きたのは警察に相談した翌日だった。

寒い夜だったので、杏里はマンション近くのコンビニで肉まんを二つ買って帰宅した。解錠してドアを開けようとすると、チェーンが邪魔をして数センチメートルほどしか開かなかった。

「ねぇ、マリエ、開けてよ。私が帰ってくること分かっているのに、どうしてチェーン掛けたの？　早く開けてっ」

杏里はドアの隙間に顔を近づけて部屋の中に向かってそう呼びかけた。しかし、暫く待っても返事は無かった。呼び鈴を何度か押してみたが部屋の中からの反応は無かった。胸騒ぎを感じ始めた杏里は万里江の携帯に電話を掛けて、スマホを耳に強く当てて呼び出し音を待った。しかし電源が切られているらしく、着信できない旨のアナウンスが流れた。

『何かあったに違いない。ストーカーがここへ来たのか？』

慌てて110番通報をしようと身構えた杏里の胸中に別の不安が浮かんだ。それは万里江自身が時として常識外れの行動をする事実である。もし、妹が姉を閉め出したというだけのことで、大騒ぎをして警察を呼んでしまったとしたら、杏里が説明に窮することは明らかだ。一方で、万里江が声を出すこともできない状態かもしれないと思うのなら、手遅れにならないうちに助けを呼ぶのが最優先だ。それなのに、スマホの画面を見つめるだけで呼吸が苦しくなり、どうしても指が動かない。

物音一つしない部屋の前で杏里は途方に暮れていた。しかし、このまま呆然としていても事態は変わらない、どうにかしなければ……。

杏里は警察ではなく、佐山に電話した。

「はい、ちょうど帰ろうとしていたところですよ。今日は寒いですね。アンリ先生、こんな遅くに、どうしたの？」

杏里は震える声で言った。

「あぁ、佐山先生、電話に出てくれてよかった。私、今、マンションの自分の部屋の前にいるんですが、万里江が内側からチェーンを掛けちゃって……困っています」

事態の緊急性を感じた佐山は急いでコートの袖に腕を通した。それから、杏里を落ち着かせるために敢えて低い口調で尋ねた。

「妹さんのスマホに電話してみましたか？」

「電話にも呼び鈴にも反応なしです。中にいるはずなのに気配が無くて……」

「わかりました。部屋の照明は点いていますか？」

「はい、ドアの隙間から見ると、中の明かりは点いています」

この会話の間に、佐山は3階の研究室を出て1階に下り、病院通用口に向かって廊下を足早に歩いた。それから、一度立ち止まって注意深く言葉を選んで訊いた。

「例のストーカーが来たとは考えられませんか？　警察には連絡しましたか？」

「いいえ」

そう短く答えた杏里は110番通報をしていない理由を特には説明しなかった。と言うよりは説明できない心理状態だった。警察への通報を思い止まってしまった後ろめたさと先の予測ができない不安は、電話を介して佐山にも十分に伝わっていた。こうして、二人は事件の可能性を共有した。

それからの数十秒間、杏里の切迫した息遣いと佐山の足音だけの通話状態が続いた。病院の外に出た佐山は、時間外出入り口前でちょうど客を降ろしたタクシーをつかまえて乗り込んだ。運転手に行き先を告げてから、今度は早口になって言った。

「今、そちらに向かっています。この時間なら20分ほどで着きますから……いいですね、僕が行くまで待っていてください」

「はい」

電話を切ってからの数分間、杏里は何度も時計を確かめた。そして、時間を見計らってエントランスに立ち、タクシーから降りた佐山を出迎えた。

「電話の後、何か変化はありましたか？」

そう佐山が質問したのに対して、杏里は首を横に振った。301号室の前に来ると、杏里は部屋の中に向かって再び呼びかけた。そのかすれた声には心労が滲み出ていた。しかし、中からは何の物音もしない。苦しくなるくらい息を殺して耳をそばだててみたものの、人が動く気配すら感じられなかった。

佐山が言った。

「業者を呼んで、チェーンを切ってもらいましょう」

「えっ」

「以前、僕の患者がチェーンを掛けて閉じこもってしまったことがありました。駆けつけた家族がチェーンカッターを使ってドアを開けたところ、部屋の中では本人が眠剤を飲んでぐっすり眠っていただけでした。そんなこともあるんですよ」

佐山は杏里を元気付けようとして、そう話してから少し微笑んだ。杏里は握りしめていた小さなレジ袋に目を落として呟いた。

「マリエと一緒に食べようと思ったんです、肉まん。でも、冷たくなっちゃった。私、どうしてこんなどうでもいい話ししてるのかしら……」

杏里は冷えた肉まんの袋を大事そうにバッグに入れた。そして、業者の電話番号を調べるつもりでスマホを取り出した。

その時だった。

ドアの内側でカシャカシャとチェーンをいじる音がして止んだ。杏里は待っていられずにドアを開けた。するとそこに、髪がくしゃくしゃに乱れた万里江が立っていた。彼女の顔面左側頬骨の辺りには擦り傷を伴うアザができていて血が滲んでいた。玄関の床に見たことのないスニーカーが脱ぎ捨てられているのに気付いた杏里は小声で訊いた。

「誰かいるの？」

万里江は首を横に振った。その時、万里江が着ているトレーナーの左袖に刃物があたったような裂け目が見えた。杏里は放心状態の万里江を部屋に導きながら続けて尋ねた。

「今、顔の傷を冷やすものを持ってくるね。他に怪我はない？　それから、レイプとか嫌なことされてない？」

再び首を横に振った万里江の視線が佐山をとらえたのを見て、杏里が言った。

「大丈夫、この人は私のバイト先のお医者さん、佐山先生」

杏里は立ち上がって保冷剤をとりにキッチンに向かった。その間に佐山が万里江に穏やかな声で語りかけた。

「マリエさん、つらいだろうけど話を聞かせてください。あなたにこんなことをした人が何処に行ったか心当たりがありますか？　それとも、もしかして、その人はまだここにいるんですか？」

万里江は何も語らなかった。そこへ、保冷剤をハンカチにくるんで戻ってきた杏里が夜風になびくカーテンの方に顔を向けた。

「なんか寒いと思ったら、ガラス戸が開いてるじゃない」

そう言って、杏里はベランダに出る掃き出し窓に近づいた。ガラス戸を閉めようと手を伸ばした瞬間のことだった。万里江が微かにピクリと反応した。

それを見逃さなかった佐山がすかさず鋭い声を発して杏里を止めた。

「待って！　窓から離れろ！」

驚いた杏里が慌てて後退りすると、佐山は一度壁側に身を寄せて外の様子を窺った。全身の神経を集中してタイミングを計り、不測の事態に備えて身構えた。そして、一気にカーテンを全開にした。

しかし、ベランダには誰もいなかった。何者かに跳び掛かられる危機は去ったが、まだ安全が確保されたわけではない。佐山は薄暗いベランダに出て周囲を見回した。

そこに差し迫った危険がないことを確認して部屋の中に戻ろうとして向きを変えた時のことだった。視界の端に何かを捉えたように感じた佐山は手摺から身を乗り出して下を確認した。

「なんてこった」

佐山の意外な言葉に反応した杏里が声を掛けた。

「どうしたの？」

「3階の高さからなら、まだ息があるかもしれない。僕は下に行って見てくる。アンリ先生は救急車を呼んで！」

佐山はそう言って、玄関から飛び出して行った。

杏里は佐山と入れ替わりにベランダに出て下を見た。部屋の真下は駐車場と駐輪場の間にある空きスペースになっている。そのコンクリート上に黒い人影が横たわっていた。目を凝らしてじっと見下ろしていた数秒間、その人影に動く気配はなかった。外に回った佐山が横たわる人物に近づいてバイタルを確かめ始めた。暫くしてペンライトをポケットにしまいながら立ち上がると杏里を見上げて首を横に振った。それから、改めて腕をクロスさせてばってんをつくった。

杏里は110番通報をした。

警察が到着したのは日付が変わる少し前だった。佐山は現場に先着した制服警官に自分の連絡先と遺体発見時の状況を説明し、その後到着した救急隊員と刑事にも我慢強く同じ話を繰り返した。部屋に戻った佐山は遺体に触れた手を洗い、自分のハンカチを出して拭きながら杏里の耳元で囁いた。

「遺体の傍にカッターナイフが落ちてました。僕はこれで帰ります。マリエさんは大丈夫、くれぐれも余計な心配はしないように」

杏里は佐山が言った「大丈夫」の意味を詳しく聞いて確かめたいと思った。しかし、何も話そうとしない万里江の代わりにその場の主役になってしまったため、それ以上は佐山と言葉を交わすことができなかった。杏里は刑事の質問に答えながら、立ち去る佐山の背中がドアの向こうに消えるまで目で追った。

杏里は刑事に言った。

「昨日、警察署に行って、妹が三浦優斗という人からストーカー行為を受けていると相談しました。今夜9時頃、私が帰宅した時、ドアチェーンが掛かっていて中に入れなかったので、佐山先生に来てもらいました。業者を呼んでチェーンを切る相談をしている最中に妹が内側からチェーンを外して……、ベランダに出た私たちは下のコンクリートの上に人が倒れているのを見つけました」

「ドアが開くまでの間に室内から争う音や声が聞こえましたか？」

「いいえ」

刑事は万里江に向かって訊いた。

「今夜お姉さんが帰宅する前に訪れた人は、その三浦優斗さんですか？」

頷いた万里江に刑事が重ねて尋ねた。

「それは何時頃のことで、彼はどんなふうに現れたのですか？」

万里江は身体を強張らせるように両脇をぎゅっと締めて、小さな声で答えた。

「7時頃にコンビニ行っておにぎりと野菜ジュース買って……」

刑事は玄関ドア付近に落ちているレジ袋に目をやってから話の先を促した。

「それで?」

「ここに帰ってきて……、ドアを開けた時に後ろから抱き着かれて……」

「その後、何があったのか思い出してください」

「よく覚えてません。顔を壁にゴリゴリされて、ワタシはベランダに逃げて、三浦が下に落ちた」

室内と転落現場の検証が終わり、遺体が運ばれて行ったのは午前3時過ぎだった。刑事たちは万里江が酷くショックを受けていることに配慮して、日を改めて聴取する約束をして撤収した。その際、遺体の傍に落ちていたカッターナイフと玄関にあった三浦のスニーカーと切り裂かれた跡がある万里江のトレーナーを署に持ち帰った。

ほぼすべての状況証拠が万里江の正当防衛を示していた。佐山が「大丈夫」と言っていたのは、そのことを指していたのだろうと思われた。しかし、どうしても拭い去ることのできない違和感が胸に残った。最も気になる疑問点は、杏里の帰宅が三浦の転落の後だったとすると、あの無音の1時間は謎なのだ。その間、万里江はいったい何をしていたのだろう。直ぐにドアを開けて杏里に事態を知らせていれば、三浦は一命を取り留めたかもしれないのだから……。

いや、待てよ、それこそが空白の1時間の目的だったとしたら？

その時、恐ろしい考えが閃光のように頭の中を駆け巡った。万里江が三浦の生命を助けたくないと思ったのならば、あるいはもっと積極的に死を望んだとするならば、急ぐ必要はなかったことになる。杏里はこの気付きが自分の取り越し苦労であってほしいと願った。しかし、一度浮上した疑問を確かめずに放置するわけにはいかなかった。

杏里は就寝前の支度をしている万里江に向かって尋ねた。

「まさかとは思うけど教えて。私をなかなか部屋に入れてくれなかった時のことだけど、その間マリエはベランダにいたんじゃないの？」

「そうだよ」

万里江は隠す様子もなく認めた。杏里は不安に駆られながら次の質問を口にした。

「それなら、ベランダで1時間も何してたの？」

「見てた」

「何を？」

「ドスンって落ちてから、動かなくなるまで」

そう答えた万里江は杏里と目を合わす代わりに自分の爪を眺めていた。

杏里は一度瞼を閉じて呼吸を整えてから訊いた。

「三浦君は落ちてからしばらくは生きていたっていうこと？」

「うん」

杏里は動揺した。万里江の冷淡さが信じられなかった。自分自身を安心させるヒントになりそうな説明が今直ぐにでも欲しいと思った。杏里は佐山の忠告を忘れて、常識的な尺度に基づいて厳しく問いただそうとした。

「それは人の道に反する行為だよ。どうして助けようと思わなかったの？ カッターナイフでマリエを殺そうとした人だから？」

「ちがうよ」

「ちがうって何が？」

「カッターナイフはワタシのだから。三浦はワタシからナイフを奪おうとしたけど失敗したんだよ。その後のことはホントに覚えてない。気付いたら三浦が落ちていた。その後、ワタシはベランダから三浦を見てただけ」

万里江の答えは杏里をさらに失望させた。杏里は三浦が玄関でスニーカーを脱いでいたことを思い出して訊いた。

「もしかして、マリエが三浦君を部屋に呼んだの？」

「呼んでない。三浦が待ち伏せしていて、後ろから抱きついたのはホントだよ」

「それならチェーンを掛けたのは三浦君？」

「ううん、それはワタシ。三浦が落ちてから掛けた」

「どうしてそんなことしたの？」

「お姉ちゃんに邪魔されたくなかったから」

「何を邪魔されたくなかったって？」

「だって、三浦が動かなくなるまで見ていたかったんだもん」

　万里江の口から飛び出した答えは予想を遥かに超えていた。杏里は横隔膜が吊り上がって胃を捩じ上げるような感覚に襲われた。絶望的にグロテスクな展開に息苦しさを覚えて、深いため息をついた。

　ここで道徳観や倫理観を説いても時間の無駄だということは分かっていた。それでも、三浦の両親や家族が彼の死を知ってどれほど悲しむかに想いを馳せ、三浦自身の将来が絶たれた事実の重大さを、何とかして万里江に認識させる必要がある。杏里は医師を目指す万里江に「死を悼む」真意を理解してほしいと願わずにはいられなかったのだ。

万里江が真相をありのまま警察に話せば、何らかの罪に問われる可能性はあるだろう。たとえ三浦の転落自体に責任はなかったとしても、万里江は三浦が絶命するまで何もせずに見ていたのだから。

黒い告白

杏里の話に耳をそばだてて聞いていた由香が言った。

「つまり、アンリ先生が言いたいのは『妹さんが早くドアチェーンを外していれば、三浦が助かったかもしれない』ということだよね」

杏里が頷くのを確かめて、由香は続けた。

「ひっくり返してみると、『妹さんが直ぐに行動したとしても結果は同じで、三浦は助からなかったかもしれない』となる。アンリ先生の話を聞いていると、三浦君の命の重さよりも妹さんが無駄にした1時間をどうしても許せない気持ちの方が勝っているように、私には見える」

杏里は苛立ちを隠さずに言った。

「私が間違えているってことですか？」

由香は肩をすくめて見せてから諭すように答えた。

「そうじゃないよ。事実は一つなんだろうけど、関係者それぞれの視点からはいろいろな見え方をするものだと言いたかっただけ。アンリ先生は第三者でありながら、自分の中にある善悪の判断基準を当てはめて事件を見ようとしているよね。だから、妹さんに厳しい。私からの助言は、彼女に殺意が無かったことが明らかなら、起きたことをそのまま受け入れる方がいいと思う」

「また、『未必の故意』ですか……」

杏里はつまらなそうにそう呟いた。

すると、話題を変えようとして由香が言った。

「そういえば、扁平苔癬の疑いで歯科病院に来た患者さんでさ、40年前のお産の時の止血処置のせいでC型肝炎ウイルスに感染したことが判明した人がいたでしょ。その人ね、今も歯科に通院していて、こないだ会って話すことができたの」

杏里が頷くと、由香は目を輝かせて続けた。

「意外だったと言っちゃいけないけど、前よりもずっと元気そうで驚いちゃった。その後いかがですかって聞いたらね、同じ境遇の人たちと横の繋がりができて、息子さんとも病気のことがわかる前よりもたくさん話すようになったんだって。その時に思ったの、私たちはいつの間にか病気を診て人を見なくなっていた。気を付けないと、自覚がないまま人を上から目線で見ている。私ね、あの患者さんから人間の強さを教えてもらった。図らずも元気のお裾分けをいただいた。アンリ先生、時にはありのままを受け入れる謙虚さも必要だと思うよ」

　由香が研究室を出ていくと、それまで無言で顕微鏡を覗いていた磯村が振り向いて片方のイヤホンを外しながら杏里に言った。

「僕もユカ先生の言う通りだと思います」

　杏里が驚いて顔を上げると、磯村は慌てて謝罪した。

「あぁごめんなさい、話、途中から聞いてました。アンリ先生、あんまり思い詰めちゃダメっすよ。はい、どうぞ」

　磯村は自分のバッグから菓子を出して杏里に手渡して続けた。

「昨日、当直バイトの時、ナースステーションでもらったんです。すごくうまかったから、アンリ先生の分ももらってきちゃった」

　それは表面にホワイトチョコレートがかけられたラスクで、とても美味な逸品だった。杏里はラスクをかじりながら言った。

「磯村くんはガールズトークにも自然体で入っていかれるから、ナースステーションでも皆から気に入られてるんだね」

「たぶん人畜無害だと思われてるんですよ、僕。それはそれで結構傷つきますけどね。

このお菓子、神経病理の技官のおじさんが頂き物だけど食べきれないからどうぞって持ってきたんだそうです。そのおじさん、皆に言わせると『僕と同じ寂しい人』で、ちょくちょく遊びに来るそうですよ。僕と同じって酷いと思いません？」

「あぁ、相沢さんね」

杏里がそう応えると、磯村は身を乗り出して訊いた。

「そのおじさんのこと知ってるんですか？　ホントに僕と似ているんですか？」

杏里は笑って言った。

「全然似てないよ、磯村くんはからかわれただけ。でも、相沢さんはいい人だよ。仕事の腕も一流でね、脳の美しい大割切片が作れる数少ない技師の一人。ただ、親分の川谷先生が事故で亡くなってからは、その腕を発揮する場が……。そうか、こないだ脳のパラフィンブロックを返しに行った時、言われてみれば確かに寂しそうだったかなぁ」

「なるほど、その人、かわいそうな境遇なんですね」

磯村が妙に納得したようにそう言うと、杏里は食べ終わったラスクの袋を見てパソコンに何か打ち込んだ。そして、現れた画面を見ながら独り言のように呟いた。

「これ、すごく美味しい。会社の場所を調べてみたら、群馬なんだ……。今度、注文してみようかな」

以前、相沢が群馬県の碓氷峠に近い松井田町出身と聞いて、郷里の長野県佐久に近いことから親しみを覚えたことがあった。もしかすると、相沢がナースステーションにプレゼントしたのは贈答品のお裾分けではなく、わざわざ買ったものかもしれないとぼんやり考えた。


内線電話が鳴り、応じた磯村は怪訝な表情を浮かべた。

「どうしたの？　解剖依頼？」

杏里の問い掛けに頷いた磯村が言った。

「75歳、女性、未治療の肺癌らしいです」

「ふぅん、オーソドックスと言うか、とてもシンプルで教科書的だね」

杏里がそう呟くと、磯村は不満を口に出した。

「もっと珍しい疾患とか最新技術を使った治療中の症例とかの方が興味湧きますよ。それに、何か変だと思いませんか？　教科書的な症例なら、教科書を見れば済みますもん」

杏里は椅子を回し、磯村に面と向かって言った。

「磯村くんの言いたいことはわかるけど、臨床が理由もなく解剖の承諾をとることはない。今どき滅多にお目にかかれない癌のナチュラルコースを実際に観察できるのは勉強になると思うし、大事なことだよ」

杏里の瞳が輝きを増して、磯村に熱っぽく語りだした。

「私が学部生だった頃の話だけどね、帰国した先輩から聞いたの。アメリカの若い内科医が患者の胸部レントゲン写真を見た時に、そこに映る影が何の病巣だかわからなかったんだって。先輩はとても驚いたそうよ。何故なら、それは誰が見ても典型的な結核病巣だったから。アメリカの大都市部では日本と違って、結核はもう何年も前に過去の病気になってるからね。若い医者が知識として持っていても、現場で胸部レントゲン写真を見てピンと来ないようじゃ意味ないよね」

杏里の言葉を受けて磯村が言った。

「そういうことなら、僕にとって貴重な機会ですから、アンリ先生に解剖付き合ってほしいっす」

いつもの笑顔が戻った杏里は、磯村の肘を突いて応えた。

「そうか、そう来るか……、まあ、いいよ。お菓子貰っちゃったから」

　杏里と磯村が地下の病理解剖室に下りると、担当医が後ろから騒々しく追いかけてきて二人に声を掛けた。

「第一内科の室橋です。患者は75歳、女性、臨床診断は癌性胸膜炎です」

　磯村が反射的に訊いた。

「あれっ、臨床診断は肺癌の疑いじゃなかったんですか？」

　磯村の質問にやや気色ばんだ様子の室橋が臨床診断をわざと繰り返した。

「癌性胸膜炎です。特記すべき既往歴はなく、４週間ほど前に近医にて体重減少と咳を指摘されています。当科に入院して２日で亡くなったので、データはスクリーニング検査のみで、詳しい検査はまだでした」

　それから杏里の顔を見た室橋は一変して嬉しそうに付け加えた。

「あれっ、塚本じゃん」

　杏里は軽く微笑んで言った。

「執刀医はこちらの磯村先生、私はバックアップ役です。癌性胸膜炎ということは、原発巣が肺かどうかは未確認ということね」

「だから言ったでしょ、呼吸状態が悪すぎて検査どころじゃなかったって」

　室橋の説明に頷いてから、杏里は改めて尋ねた。

「ところで、トータルデュレーション（症状に気付いてから死亡までの期間）が1カ月と短いのは、もしかして認知症だったの？」

　苛立ちが少し収まった室橋はやや硬い口調で答えた。

「おそらくね。患者は息子さんとの二人暮らしだったそうで、その息子さんの話では記憶障害、見当識障害はあったらしいですが、専門医の診断は受けてません。ただ、残念ですが脳の解剖所見は取れませんよ、開頭の承諾はいただいてないので」

　杏里に更衣室を譲った磯村が前室のデスク横で着替えながら室橋に言った。

「そうですか、認知症だったとすると、どこがどう苦しいのか上手く説明できなかったのかもしれませんね。だから発見が遅れたのか……。ところで室橋先生はアンリ先生と同期ですか？」

　室橋は頷いて小声で言った。

「塚本は学生時代から超優秀だったのに、なんか変に真っ直ぐというか頭固いとこがあってね。チーム医療に向いてないみたいで、結局、病理に行っちゃったんですよ。臨床医は常に流されていると言うか患者に振り回されていると言うか、とにかく立ち止まって考えてる暇がない。それとは反対に、塚本は納得いくまで深掘りするタイプ」

　磯村は少し嬉しそうに言った。

「僕はアンリ先生のそうゆうところがいいと思います。ファンなんです。とことん追求しようとする姿勢は研究者として立派だし、女性としても素敵だし……」

　そこへ予防衣姿の杏里が現れたので、磯村は話し続けるのを止めた。杏里は男たちの微妙な空気感を無視して、室橋に向かって言った。

「臨床経過を説明して」

「体重は戻りましたが、食欲不振は続き、同時に咳と喀痰が見られ、近医にて気管支肺炎と診断されました。数日後には両肺に湿性ラ音あり、呼吸困難によりサチュレーション（血中酸素飽和度）が80パーセントを切ったので、当科に入院。入院時喀痰細胞診でｃｌａｓｓ　Ｖ（悪性）が出ています。サイトスクリーナー（細胞検査士）の話では、おそらく未分化腺癌だろうとのことでした」

「人工呼吸器は？」

　磯村がそう問いかけると、室橋はため息をついて答えた。

「既に肺に圧をかけられる状態ではなかったので、使うとすればエクモ（ＥＣＭＯ）

でした。しかし、どう見ても癌のターミナル（末期）でしたから、ご家族に説明して積極的治療はしませんでした」

杏里はキャップを被りながら室橋に言った。

「なるほどシンプルな経過で、普通なら剖検の必要はないと判断される症例のようですね。では、聞かせてください、本症例の病理解剖の目的を」

室橋は直ぐには答えなかった。しかし、一文字に閉じられた唇と眉間に現れた皺が何らかの問題の存在を物語っていた。やがて思い切りが付いたのか、口を開いた。

「実は、よくわからないんです。何故かと言うと、剖検はご家族つまり息子さんの希望で、我々が解剖の承諾をお願いしたわけじゃないんです……」

すると磯村が心配そうに言った。

「へぇー、普通、家族はご遺体にメスが入るのを嫌うのに、珍しいですね。ひょっとすると病院の方針に対する不信感を抱いていて、訴訟を考えているとか？」

磯村の質問に、室橋は首をかしげて応えた。

「さぁ……、入院してからたった2日で亡くなっていますから、そんなことはなかったと思います。ただ、息子さんがですね、オンセット、つまりこの病気がいつ始まったのか、それとファイナルエピソードをどうしても知りたいみたいなことを言っていて……」

　腕組みをして二人のやり取りを聞いていた杏里が言った。

「それはケースバイケースであって、解剖しても確定的なことが判明するとは限らないでしょ。何だか、相手の意図がよくわからないのはちょっと怖いね。とにかくいつもの病理解剖と同じに、先ず癌の原発巣を見つけて、その転移（癌の全身への拡がり）を確認、そして直接死因を明らかにしましょう」


　解剖台には小柄な高齢女性が横たわっていた。

「体重53キログラム、身長150センチメートルです」

　遺体の左側に回ったサポート役の杏里の声に反応した室橋がメモを取り始めると、遺体の右側に立つ執刀医の磯村が外表所見の口述を始めた。全身皮膚の状態、死後硬直・死斑の有無、口腔内所見、左右瞳孔の直径計測を終えて、違法性や事件性を示唆する異常所見のないことを確認した後、磯村が独り言のように呟いた。

「四肢は痩せこけてるけど体重はそこそこあるし、高度のカヘキシー（栄養失調による衰弱状態、悪液質）と言えるのかな……」

　杏里が振り向いて室橋に訊いた。

「アルブミン値は？」

室橋はパソコン上の臨床検査データを確かめて答えた。

「2g／dℓです。相当低い」

頷いた杏里は磯村に向かって言った。

「皮膚は乾燥、やせ細って血液生化学では明らかな低栄養状態なのに体重が減っていないのは何故だと思う？」

杏里に促されて改めて遺体を観察し、腹部を打診した磯村は顔を上げて言った。

「そうか！　水だ。腹水や胸水が貯留したために見かけの体重が増加した」

杏里は正解か否かを答える代わりに体腔貯留液を測るビーカーを用意して、磯村に向かって大きく頷いた。磯村は時計を見上げてから背筋を伸ばして言った。

「午後3時10分、解剖を開始します」

全員が一礼した。


磯村はメスと肋骨刀を使って遺体の胸腔を開き、続けて腹腔を開いて腹部臓器を露出させた。溢れ出そうになっている胸水と腹水を杏里が手際よく計測用ビーカーに注いで言った。

「左胸水５００㎖、右胸水８００㎖、腹水７００㎖です。かなりの量ですね、これだけでも重さ２kgはあるでしょう」

　続けて磯村が肺の所見を述べた。

「重量は左８００g、右１０１０g、肺自体も高度のコンジェスティブエデーマ（うっ血水腫）のためにかなり重くなっています。一割面だけの所見ですが、両側胸膜および肺実質に米粒大から小豆大の白色腫瘍がスキャターしています。後で詳細に見ますが、肺の腫瘍はどれも転移巣のようですね」

　腹腔内を見ていた杏里が磯村に言った。

「胃を先に調べた方がいいかもよ」

　杏里は噴門部の食道側と幽門部の十二指腸側を切り離して胃を取り出した。それをトレーにのせて磯村に渡した。

「こっ、これは……」

　受け取ったトレーに目を落とした磯村がそう呟いた。杏里は同意を示すように頷いて磯村に鋏を渡した。磯村は所見を述べ始めた。

「M領域の胃壁が異常に硬く肥厚しています」

　胃の大彎に沿って鋏を入れ、小彎を中心として左右に前・後壁をバタフライ状に広げて磯村は口述を続けた。

「肥厚している部分の粘膜面は不自然な凹凸を示していますが潰瘍形成は見られません。しかし、割面を見ると白色の腫瘍がびまん性に筋層を貫いて漿膜面まで浸潤しており、さらに腹腔内播種を起こしています。Ｂｏｒｒｍａｎｎ IV型、いわゆるスキルス胃癌です」

続けて杏里が癌の拡がりを説明した。

「腫瘍は膵臓に直接浸潤しています。他臓器への転移は心臓、両肺、脾臓、左副腎、横隔膜、大網、小網にクルミ大までの転移巣が見られ、加えて多数のリンパ節転移が散見されます。ほぼ全身に拡がっていたと言える状態です」

改めて肺を観察していた磯村が声を上げた。

「これ、何だろう」

杏里と室橋は同時に肺の割面を覗き込んだ。多数の転移巣とは別に両肺の細気管支に白色のクリーム状の物質が詰まって、白い網目模様を作っていた。

「こんなの見たことない。造影剤みたいな感じだね」

そう室橋が呟いた。杏里は白い物質を指で触れてみて、暫く考えてからマスクを外して匂いを嗅いだ。その様子を驚いて見ている磯村に向かって言った。

「もしかして、乳製品かしら？　ヨーグルトみたいな……」

「ヨーグルトがこんな細い細気管支までぴっちり入るかな」

首をかしげてそう応えた磯村に杏里が言った。

「不可能じゃないと思う、ドリンクヨーグルトとかあるし」

するとと室橋が二人に尋ねた。

「あのぅ、誤嚥ということですかね？」

杏里は頷いてから室橋に説明を始めた。

「患者は認知症だったらしいとのことでしたよね。在宅介護だと嚥下機能のテストはされてなかったでしょうから憶測の域を出ませんが、誤嚥があったと思われます。普通、気管に食渣が入ると反射的にむせるけど、認知症患者ではむせが起こらなくて誤嚥に気付かれない場合が意外に多いです。ただし、この誤嚥はごく最近に起きたこと、つまりファイナルエピソードです」

すると、食道を剝離して気管の膜様部を切り開いていた磯村が声を上げた。

「直接死因は窒息」

「えっ、癌死じゃないんですか？」

そう質問を発した室橋に向かって磯村は気管を見せながら答えた。

「ほら、気管と気管支に多量の粘稠な喀痰が詰まって閉塞状態です。もちろん、癌のターミナルステージであり、呼吸不全は肺転移によると考えられますが、直接死因は喀痰による窒息です。剖検しなければ死亡診断書は癌死だったでしょうね」

磯村の説明に頷いた室橋は杏里に顔を向けて訊いた。

「あの白い物質は窒息に関係してる？」

「たぶんね、気道分泌物が大幅に増す原因にはなったでしょう。物質分析頼んでみる？　外注になるから、お金かかるけど」

「いや、いいです。やめときます」

室橋は解剖結果を待っている患者の息子に説明すると言って行きかけたが、ふと足を止めると磯村に向かって執刀医として同席してほしいと頼んだ。磯村は快諾し、室橋と並んで歩いて行った。杏里は二人から少し遅れて後を追った。

地下の霊安室へと続く廊下は、喧騒を極める外来の廊下とは別世界だった。そこは薄暗くて寒く、人恋しくなるくらい静まり返っていた。天井近くにある小さな明かり取り窓から差し込む冷たい光の下で、40代くらいの男が古びたソファに背を丸めて座っていた。床を見つめていた男は近づいてくる三人に気付くと立ち上がり、もの問いたげな表情で室橋の顔を見た。

室橋が口を開いた。

「鈴木（すずき）さん、こちら剖検を担当した磯村先生と塚本先生です」

ぎこちなく会釈した男に向かって、室橋は続けた。

「お母さんは悪性度が高いスキルス胃癌でした。癌は全身の臓器に転移していて、手の施しようのない末期の状態でした。特に肺への転移は重篤な呼吸不全を引き起こし、最終的に呼吸が止まったものと思われます」

男は微かに頷いて、かすれた声で言った。

「そうですか。呼吸が止まったのは癌のせいだったのですね」

そして崩れるようにソファに腰かけた。室橋と磯村がその両脇に座り、杏里は少し離れて立っていた。再び男が言った。

「10年前に父が亡くなってから、母と二人暮らしでした。私は中学校の教師をしていたんですが、母が認知症になってからは続けられなくなって辞めました」

室橋が慰めるように言葉をかけた。

「学校の先生は授業以外にもやらなくちゃならないことがたくさんあって残業もあるだろうし、教師としての責任があるから、普通のお勤めより大変かもしれませんね」

男は少し頷いて話を続けた。

「母を介護するため、自分のペースで働けるようにしようと思って仕事を辞めたのですが、いざやってみたら、パート掛け持ちの生活は収入も時間も全然足りませんでした。だから、母の様子がおかしいことに気付いていても、なかなか医者に連れて行くことができなくて……。こんなこと、言い訳にしか聞こえませんよね」

男は力なく微笑んだ。その顔には悲哀と後悔が滲み出ていた。母のために自分の生活を後回しにしてきたこの男は、母の死によって唐突に解放されてしまった。その現実をどう受け入れたらよいか分からず、途方に暮れていた。すべてが無に帰した今、どん底に落ちた彼の心を唯一癒すことができるのは、丁寧な弔慰ではなく時間である。この流れを経験的に知っている三人の医師はありふれたお悔やみの言葉を口にすることなく無言だった。そして、静寂の中で次の言葉を辛抱強く待っていた。

やがて、男は再び口を開いた。

「1年前ぐらいまでは母も料理ができて食事の支度をしてくれていたんですが、だんだんできることが減って、話も通じなくなって、家にいるのに帰ると言っては徘徊するようになりました。私は鍵をかけて母を閉じ込めなければ仕事に行かれませんでした。そのうちに、母の食事と排泄の世話をするだけで毎日が過ぎていくようになりました。『一人で抱え込まないで』とか『行政の窓口を利用して』とか言われていますが、母を置いて相談に行くことさえできなかったんです。母はなかなか言うことを聞かなくなって、食べさせようとしても口を開いてくれないんです。せめて何か食べてほしくて、消化の良いゼリーやヨーグルトを買って試したんですがダメでした」

鈴木の口からキーワードの「ヨーグルト」が出ても、室橋と磯村は顔色を変えずに頷いただけだった。しかし、杏里は確かめたい気持ちを抑えられずに質問をしようとして口を開きかけた。それに気付いた室橋が杏里を遮るように乗り出して、鈴木に向かって話の先を促した。

「それで？」

「来る日も来る日も1日中そんなことをしているうちに、とうとうキレてしまったんです。私が必死になって世話しているのに素直に従ってくれない母が憎らしくて、頭にきて、無性に腹が立って……。この手で母の顎を押さえつけてドリンクヨーグルトを『これでもか』というくらい無理やり口いっぱい流し込んだんです。何度も何度も……。母はゴボゴボと溺れたような音を立てて、鼻からヨーグルトを噴き出しました。それでも私はやめなかった、やめなかったんです。どうしてそんな酷いことをしてしまったのか、自分でもわかりません」

鈴木は両手で顔を覆った。指の間から漏れる嗚咽が人気のない廊下に響いて、吸い込まれるように消えていった。暫くして、前を向いた鈴木は焦点が定まらない視線を泳がせながら続けた。

「母をいじめようなんて、これっぽっちも考えませんでした。母に生きていてほしいから、生きるために食べてほしかったんです。でも、結局、私がやったことは虐待です。あの光景、母の顔が目に焼き付いて頭から離れません。解剖の結果、ヨーグルトによる窒息が死因だったら、私は罪を認めて罰を受けるべきだと考えました」

「それで剖検を依頼されたんですね」

そう室橋が確認すると、鈴木は答える代わりに下を向いて自分の手をじっと眺めた。室橋が磯村に向かって剖検所見を話すよう視線で合図した。

磯村は言葉を選びながら淡々と説明を始めた。

「さっき室橋先生が言ったように、癌は全身の臓器やリンパ節に転移して、末期の状態でした。病理解剖によって明らかになった直接死因は、肺への転移が引き起こした呼吸不全です。高度の癌性胸膜炎と肺水腫のために呼吸が止まったものと考えられます。これは私見ですが、もう少し早く胃癌が見つかっていたとしてもお母さんを助けることは難しかったと思います」

鈴木は三人に向かって丁寧に礼を述べて頭を下げてから立ち去った。その後ろ姿を見送っていると、室橋に病棟からの呼び出しがかかった。

「臨床経過のレポートと検査値のデータは後で磯村くんに届けるよ」

室橋が磯村に笑顔を向けてそう言うと、杏里が二人の間に割り込むようにして訊いた。

「死亡診断書の死因はどうするの？」

「癌の転移による呼吸不全だよ。病理のファイナルレポートをそのまま死亡診断書に添付する必要はない。その判断をするのは主治医、つまり僕だ」

そのまま行こうとした室橋は、ふと足を止めて振り返ると言った。

「相変わらずだな、塚本は。この件はこれで終わりだ、蒸し返さないでくれ。真っ直ぐを貫くのはいいけど、あまり突っ張るな。もっと優しくなれよ」

室橋が投げかけた一見乱暴なその言葉には杏里への思いやりが透けていた。せわしなく病棟に上がって行く室橋の背中を、杏里は無言のまま見送った。

研究室に戻ってからも納得がいかない杏里は磯村に向かって言った。

「ドリンクヨーグルトの影響は少なからずあった。私は窒息死の事実を伝えるべきだったと思う。鈴木さんだってそれを疑ったから解剖依頼したわけでしょ。それなのに、磯村くんは何故隠したの？」

磯村は立ち上がってコーヒーメーカーをセットしながら答えた。

「隠したわけじゃない、言わなかっただけです。ヨーグルトの件がなかったとしても、結果的に死亡日時には大差なかったでしょう。その点は解剖所見からも明らかです。それはアンリ先生も認めるでしょ？」

「でも鈴木さんは罰を受ける覚悟だったのよ。私たちは彼の気持ちを尊重するべきじゃないの？」

この言葉を放った杏里は自分でも不思議なくらい子供っぽく頑なになっていた。実のところ杏里がこだわっていたのは、鈴木とドリンクヨーグルトと死因の関係ではなかった。

その原因は、あの事件が起きた晩にあった。三浦転落の直後に万里江のとった謎行動の合理的な説明のないことが尾を引いていたのだ。生死を分けたかもしれない空白の１時間がどうにも引っ掛かっていた。それが、喉に刺さった魚の小骨のように気持ち悪く、心がささくれ立っていたためだった。

席に戻った磯村は少し笑みを浮かべて言った。

「アンリ先生も感じたでしょう、彼はもう十分罰を受けています」

「それは私たちが決めることじゃない」

杏里は怒りを押し殺してそう応えた。ポコポコとリズミカルな抽出音を立てていたコーヒーメーカーから良い香りが漂ってきた。再び席を立った磯村は自分のカップと杏里のカップにコーヒーを注ぎながら言った。

「百歩譲って、彼が警察に出頭して母親に無理やりドリンクヨーグルトを飲ませた話をしたとしても、死亡診断書は癌の転移による呼吸不全ですから、お悔やみを言われて返されるだけだと思いますよ」

「でも、あの瞬間、彼には殺意があったかもしれない……あぁ、ありがと」

杏里にカップを手渡した磯村は、自分のコーヒーを一口飲んでから振り向いて言った。

「それこそ僕たちが決めることじゃない。しいて言えば『殺意』というより『忘我』でしょう。どちらにしても、我々の守備範囲外の問題です。もしも病理解剖中に犯罪の痕跡や故意に死亡させた可能性を発見したら、僕だって迷わず通報します。でも、このケースはどんなにほじくり返しても、誰も幸せになりませんよ」

淹れたてのコーヒーはとても美味しかった。後輩の磯村が急に大人になったように感じられた。杏里は意地を張った自分が何だか恥ずかしい気がした。

『磯村くんは立派な臨床医だ、私と違って……』


警察から電話があり、万里江の話を詳しく聞くための訪問日時を決めたいとのことだった。その問い合わせを受けた際、万里江は自宅よりも警察署で話したいと答えた。約束の当日、杏里と万里江が警察署を訪れると、事件の日にマンションに駆けつけた二人の刑事が彼女たちを出迎えて、小さな面談室のような部屋に案内した。

杏里が万里江に続いて入室しようとすると、万里江が振り返って言った。

「ワタシ一人で話したいから、お姉ちゃんは廊下で待ってて」

杏里が何か言う前に、目の前でドアが閉じられた。任意の聴取に参加する気満々だった杏里は、試合の直前にスターティングメンバーから突然外された気分だった。妹から邪魔者扱いされたおかげで、保護責任者としてのプライドが少々傷付いた。その居心地の悪さを感じながら廊下のベンチに座った。時間つぶしにスマホを見るのも署内でははばかられるような気がして、不本意ながらぼんやりと壁を見つめて待つことになった。

　この唐突に訪れた待機時間のおかげで、杏里はこれまで深く考えることのなかった自らの置かれた立場を振り返り、本音と向き合うことになった。その発端は、一人で聴取に応じた万里江には別段関心のない自分に気付いたことだった。妹のことをとりわけ心配しているわけではない姉の本性が見えたのだ。杏里は「保護責任者はこうあるべき」という理想像に沿って良い姉の役を演じていたに過ぎないような気がしてきた。

　姉妹は子供の頃から一緒に遊ぶことはあっても、意気投合して楽しくはしゃいだ思い出はない。万里江は仲間意識を持つことがなく、普通の人間なら誰でも抱くような友人への思いやりや小動物を可愛がる心がない。実際、杏里は万里江が何を考えているのか分からなかった。そして、毎日のように捕まえた昆虫を生きたままばらばらにする妹の様子に違和感を持つようになった。それは、成長に伴って密かな嫌悪感となった。

　物心ついてから実家を離れる歳になるまで、「お姉ちゃんだから」と言われて譲り続けなければならなかった杏里に対して万里江が何かしてくれたことは一度もなかった。それどころか、杏里が大切にしていた色鉛筆セットを全色電動鉛筆削り器に食べさせてしまっても、悪いことをしたという意識がない万里江は「ごめんなさい」をとうとう言わなかった。

そして両親は杏里よりも何かと問題を起こす万里江の方を深く愛し、可愛がっているように見えた。

『そう、私は万里江が嫌いだ』

聴取は40分ほどで終わり、万里江が部屋から出てきた。杏里が立ち上がると、刑事が言った。

「お姉さんにもちょっとお話し伺えますか？」

「はい」

制服の女性警官が現れて万里江と並んで廊下のベンチに座った。一歩踏み出す前に振り向くと、万里江は射るような視線を杏里に向けていた。面談室に入り、杏里がスチール製の椅子に腰かけると、刑事が口を開いた。

「我々としては、妹さんを待ち伏せして押し入った三浦と妹さんが、ベランダでもみ合っているうちに弾みで三浦が転落したものと考えています」

杏里が頷いたのを確かめて、刑事は続けた。

「ところがですね、妹さんは『自分が殺した』と言っています」

「えっ」

杏里は驚いて刑事の顔を見た。万里江が三浦を見殺しにしたことを告白したのだろうか、まさかそんなばかな……。三浦の死を確信するまで万里江が何もしないで見ていたのは、一般常識に照らして良くない行為だと本人も承知しているはずだ。賢い万里江のことだ、うかつにも自分から口を滑らせるとは思えない。つまり、わざとそう言ったのだ。

一方で、事件直後に二人で話した時に、万里江が「動かなくなるまで見ていたかったから邪魔が入らないようにドアチェーンを掛けた」と言っていたことを杏里が警察に話せば、姉が妹を告発することになる。あの空白の1時間をどう解釈するか……万里江は本当にショックを受けて茫然自失状態だったのか、それとも三浦が絶命する様子に満足感あるいは快楽を求めて眺めていたのかは本人にしか分からないことだ。杏里は自分なりに万里江の行動を客観視しようと試みたが、今となってはもうどちらでもよいと思っていた。

これまでの杏里は周囲が心配するほど真っ直ぐな生き方をしてきた。それはこれからも変わらないだろうと自覚している。当初は亡くなった三浦本人や残された両親の苦しみに思いを馳せようとさえしない万里江のことを許し難いと考えた。しかし、この正義の解釈は時間の経過とともに変質した。つまり、万里江に対する憤りだけが核となって残り、杏里の胸中に巣くうようになったのである。やがて本音は良識を凌駕して、他者には向けたことのない「情け容赦しない」侮蔑の感情が万里江を標的として膨らんだ。そして、報いを受けるべきという強い憎しみへと変貌しつつあった。

ここに、ただ一点だけ杏里の心に刻まれていることがあった。それは、本件の落としどころを決めるのは今度こそ自分の役目であり、万里江の命運は我が手中にあるという優越感だった。そこには、初めて知る蜜の味があった。従って、万里江の勝手な告白は杏里の主導権に対する妨害であり挑戦なのだ。

杏里は刑事に尋ねた。

「妹は自分が三浦を殺したと言ったんですか？」

刑事は杏里が妹に殺人容疑がかかると早合点したものと感じたらしく、困った表情を浮かべて繕うように言った。

「いいえ、そういう意味ではなくて、あくまでも『自分が殺したようなものだ』的な発言だったと思います」

　なるほど、核心には触れずに被害者として『良い人』を演じたのだろうと杏里は思った。

「そうですか」

　そう答えながら、杏里の脳は次にどう発言するべきかを計算していた。事件前日、警察署にストーカー被害の相談をしていたことは、「万里江に非は無く、三浦の転落は事故である」と強く印象付ける傍証になっていると思われた。杏里は万里江を自分の支配下に置き続けるための策を見出そうと考えを巡らせていた。

　ところが、刑事の次の質問に意表を突かれたのだった。

「妹さんから聞いていませんか……誰がドアチェーンを掛けたかを。例えば、三浦がドアチェーンを掛けたとか」

　杏里は答えに窮した。万里江は杏里に話した時と同じに、自分がドアチェーンを掛けたと警察に言ったのだろうか。カッターナイフはどうだろう、自分のものだと認めたのだろうか。杏里は答える代わりに探りを入れた。

「さあ、どうだったでしょうか。私はよく覚えていませんが……、それが何か問題なんですか？」

「それがですね、妹さんも覚えていないそうです。事件直後にお姉さんからも訊かれたけれど、何と答えたか記憶にないそうです」

　刑事の説明を聞いた杏里は、これは万里江が仕掛けた罠だと直感した。万里江は杏里が本当に味方なのか或いは敵なのかを見極めようとしている。杏里が黙っていると、刑事が続けて言った。

「たいしたことではないと思いますが、ドアチェーンとカッターナイフから、確実に三浦のものであると言える指紋は採れませんでした。ですから、我々としては事件の詳細を明らかにするために確認したいわけでして……。その後、他に思い出されたことかありませんか？」

「特にはありません」

「そうですか、こちらがお聞きしたかったことはそれだけです」

　杏里が立ち上がろうとすると、刑事が曖昧な口調で付け加えるように言った。

「あぁ、そうだ。あのカッターナイフは妹さんのものらしいですね。身を守ろうとして手に取ったものが三浦と一緒に落ちたとも考えられます。三浦の指紋は出なくても、付着物から何か出るかもしれないので、これから科捜研に送ってみようと思っています、あちらが受け付けてくれればですがね。重要な証拠品ではないという理由で却下されてしまうかもしれませんが……」

刑事から「科捜研」と聞いた杏里は、予想していなかった方向に捜査が進んでしまうのではないかと急に心配になった。姉としての行動が批判され、自分の立場が危うくなるかもしれないと思ったからだった。万里江がＣＪ病患者脳のパラフィンブロックを削り取る時に使ったのがあのカッターナイフだったとしたら、何年も前に死亡している人間のＤＮＡが検出される可能性がある。

『大変だ、とんでもないことになるかもしれない。妹がしたことよりも、感染の危険がある試料を自宅に保管していた私の責任が追及されるかも……。いや、いや、きっと大丈夫、カッターナイフは凶器ではないのだから。私は完璧な姉、慌てることはない』

不自然な必然

「刑事に、自分が殺したって言ったんだって？」

マンションに戻ってから、杏里は万里江に向かってそう訊いた。

「そうだよ。ホントのことだから」

万里江の答えを背中で聞いた杏里は水を入れたケトルをコンロにかけながら言った。

「でも、死ぬまで眺めていたとは言わない程度の知恵は働いたみたいじゃないの。まあ、どっちにしても三浦の転落は事故だったんだから」

自室に行こうとしていた万里江は、振り返ると笑みを浮かべて言った。

「そうじゃないよ。ワタシが殺した」

「えっ、何言ってるの？」

にわかに心がざわついた。

事故でも自殺でもなく、万里江が故意に三浦を転落させたという第三のストーリーの可能性を杏里は考えていなかった。そのまま行こうとした万里江の腕を摑んで訊いた。

「ちょっと待ちなさい。わかるようにちゃんと話してよ、マリエが三浦を突き落としたって言うの？」

「頭ゴリゴリされた後に、ワタシはカッターナイフを出して自分の袖を裂いて見せた」

「どうして？」

「脅すためだよ。死ぬところを見るのにちょうどいいと思いついて、切れ味を試した。三浦はすごくビビって、ナイフ使う前に落ちちゃったんだ」

「マリエが突き落としたの？」

「だから違うってば。ワタシがナイフで刺すふりしたら三浦はベランダまで後退りして、もうちょっと刺すふりしたら、あいつは手摺でのけぞって自分で勝手に落ちたの。だから、ワタシは触ってないけど殺した」

「そんなこと言われたって、信じられるわけないじゃない」

口を開くたびに変化する説明を何度も繰り返し聞くうちに、杏里は万里江の話のどの部分が真実なのか判断できなくなっていた。合理的に考えようとするほどに、すべてが嘘のようにも思えてきた。

クリスマスが近づく頃、佐山からメールがあった。その着信は、灰色に淀んでいた杏里の胸中に差し込む一筋の光だった。三浦の転落事件後はすれ違いが続き、佐山と話すチャンスがほとんどなかったため、杏里は飛びつくように返信して食事の約束を快諾した。

万里江がやって来てから、杏里の平穏な一人暮らしは音を立てて崩壊しつつあった。日々自分のルーティンを守り続けることに執着するタイプの杏里にとって、それは耐え難いことだった。今では万里江の姿を見るだけで動悸を感じるようになっていた。

精神の安定を欠きたくない一心で気分の不調に抗おうとしても復調の兆しはなく、なす術もなくさらなる深みへと墜ちていく感覚に襲われていた。晩秋に初めて佐山から誘われた時の無邪気なワクワク感が遠い過去の出来事のように感じられた。佐山を思う度に、どうしようもなく切なくて惨めだった。

二人はイルミネーションが溢れる有楽町駅前で待ち合わせをした。以前に訪れたドイツ料理の店に向かって歩きながら、佐山が言った。

「アンリ先生に気に入ってもらえるようなお店を開拓したいとは思っているのですが、代わり映えしなくてすみません」

　やや緊張気味の杏里は、一呼吸してから答えた。

「私、あのお店、気取ってないから好きですよ。それに、知っているところの方が落ち着くし安心できます」

　実際、万里江と二人きりの生活は息が詰まりそうだった。杏里は万里江と極力顔を合わせずに済むように行動しようとして神経をすり減らしていた。特に事件後は先が見えないことに怯え落ち込む毎日が続いていた。だから、佐山と話せばきっと心が軽くなるはずだと期待していた。ところが、嬉しかったはずの再会なのに胸の奥が苦し過ぎて何をどう話せばよいか分からなくなっていた。

　店に入って注文した品々がテーブルに並んでからも杏里は口数が少なかった。暫く続いた沈黙の後、佐山が杏里を気遣うように言った。

「どうしたの？　いつもの元気がありませんね」

「万里江のことが頭から離れなくて……」

　杏里はザワークラウトをフォークで突きながらそう答えた。すると佐山は杏里が顔を上げるまで待ってから、視線を合わせて言った。

「ストーカーの転落事件については、もう終わったことだと考えた方がいいです。そんなに自分を責めちゃいけません。壊れてしまいますよ」

頷いた杏里は佐山に微笑み返そうとした。その途端、今まで我慢していた自己憐憫の情が堰を切ったように湧き起こって口元を強張らせた。もう微笑むどころではなかった。杏里は溢れる涙を堪えることができなくなっていた。

「あぁ、ちょっと……失礼し……。ごめんなさい……」

勢いよく席を立って化粧室に逃げ込んだ杏里は洗面台の前に立ち、鏡の中の自分を観察した。一度深呼吸をした後、泣き顔に向かって微笑みかけて呟いた。

「この泣き虫め、いいかげん卒業しなさい」

それから涙をぬぐい、赤くなった鼻の頭をパフで叩いた。

テーブルに戻ると、佐山が立ち上がって言った。

「外に出ましょう」

店を出て歩き始めてから佐山が言った。

「周りを気にしないで話せる場所の方が良さそうですね。何ならこれから僕のところに来ますか？」

　それを聞いた杏里が一瞬歩みを止めたので、佐山は繕うように説明した。

「いや、誤解しないでください。変なことは考えていませんよ。でも、とても苦しそうだから、とにかく話を聞かせてほしいと思っただけで……」

　二人は地下鉄に乗り、本郷三丁目で降りた。

　春日通りに向かって歩きながら、先ほどよりは落ち着いた様子の杏里が口を開いた。

「佐山先生がこの辺にお住まいとは知りませんでした。ちょっと意外」

「そうですか？」

「だって、この辺りのマンションは高いから、私には手が出ませんもの。やっぱり臨床の先生は違いますね」

「この辺はよく来られるんですか？」

「医学図書館に資料を取りに行く時、龍岡門が近いのでここを通ります。うちの大学からも徒歩圏内ですから」

「なるほど。ところで、妹さんに連絡しなくていいんですか？」

「今日は夕食後に研究室に戻るつもりだったので、万里江には大学に泊まると言って出てきましたから、たぶん大丈夫です。このところ、マリエは私の言ったことを聞いてないと言うか覚えていないのか、心ここにあらずって感じでボーッとして私のことを無視することがすごく多いんです。だから、テーブルにメモも貼り付けてきました」

佐山が暮らすマンションは大通りから折れて少し歩いたところにあった。エレベーターに乗って、佐山が3階のボタンを押したのを見て杏里は思わず笑った。

「佐山先生も3階なんだ……」

「ええ、理由もたぶん同じですよ。防犯、災害対応、それから停電の時も何とかなりそうってね」

佐山の部屋は単身者向けのスタジオタイプだった。杏里の部屋とは違って、高い天井や掃き出しの大きな窓が高級感を醸し出していた。シンプルなキッチンカウンターと軽食がとれる程度の小ぶりの二人用ダイニングセットがあり、広いリビングスペースには座り心地の良さそうなソファと壁際に大画面のテレビが置かれていた。洒落たパーテーションの向こうにベッドがあり、バスルームは別になっていた。すべてが美しく清潔そうに見えた。一方で、整理されすぎていて生活感に欠けているようにも思われた。

暖房のスイッチを入れた佐山は自分のコートをパーテーションに引っ掛けてから、

杏里のコートをハンガーに掛けて言った。

「手を洗うのは洗面所を使ってください、タオルの予備もありますから、遠慮なくどうぞ。僕はキッチンの流しを使います」

言われた通りに手を洗った杏里は勧められるままソファに座った。

「素敵なお部屋ですね、きれいに片付いているし」

「そうですか？　散らかってないのはたまにしか帰ってこないからですよ、病院に泊まることが多いのでね。ここは、近くに消防署があるのでサイレンが意外にうるさいんです。何か飲みますか？」

「いいえ、大丈夫です」

杏里の答えに頷いた佐山はダイニングチェアーを引っ張ってきて、ソファから2メートルほど離れて腰かけた。その様子を見ていた杏里は少しはにかんだように言った。

「カウンセリングの先生みたい」

「まあ、そんなところだと思ってください。臨床で患者を診る際は不測の事態が起きないように患者との距離を保ちますし、患者に背中を向けないよう心がけます。でも、今は別の意味でこうしています」

「私、佐山先生のことを襲ったりしませんよ」

「そうじゃなくて、これは完全に僕の側の問題なんです。僕だって普通の男ですから、自制を利かせるための距離が必要なんで」

やっと肩の力が抜けて打ち解けることのできた二人が同時に笑った。そして、佐山は杏里に語り掛けた。

「アンリ先生は何事にも『こうあるべき』と考えるタイプだと思います。ここではその理論武装を解いて、楽になってください。愚痴ってもいいんですよ。時間軸は気にしないで、頭に浮かんだことを話してみて」

杏里は頷いたものの、なかなか口を開こうとしなかった。佐山は優しいまなざしで待ち続けた。杏里が訥々と語り始めたのは数分が経過してからだった。

「最初は完璧な姉を演じようとしていたんだと思います、私」

杏里は両手をこすり合わせたり落ち着きなく指を動かしたりしていたが、深いため息をついてから話を続けた。

「でも、わかり合えないことがたくさんあり過ぎて、もうダメなんです。マリエは優しさのかけらもなくて、氷のように冷たいくせに妙に鋭いところのある子です。一緒に暮らし始めた当初は、そんな妹だからこそ、私が愛情をもって面倒見なくちゃいけないと思ってすごく気を遣いました、だってお姉さんなのだから。でも、私の部屋にあったＣＪ病の脳のパラフィンブロックを勝手に削り取られたあたりから、マリエのことが手に負えないモンスターに見えてきたんです。そしてストーカーに怖い思いをした後、三浦の転落死が起こりました。私の平穏な生活が滅茶苦茶にされました。全部マリエのせいで……」

顔を上げた杏里は徐々に早口になり、胸の内にあるモヤモヤを一気に吐き出した。

「私の感情というか普通の考え方では、まるで何も感じていないように見えるマリエの行動がどうしても理解できません。だんだん恐ろしくなりました。気持ちは重苦しくなる一方で、我慢できなくなって、今では心の底からマリエのことが憎らしいと思っています。この先もずっとあの子と一緒に暮らすなんて絶対に嫌、今すぐにでも目の前から消えてほしい……。あぁ、こんな酷いことを口に出して言ったの、初めてです。可笑しいでしょ、子供っぽいですよね」

自分が発した言葉に刺激されて感情が増幅されていた。再び溢れそうになった涙を見せまいとして、杏里は窓の外に視線を移した。

すると、佐山が穏やかな声で訊いた。

「ご両親には相談しましたか？」

「いいえ」

「相談した方が良いでしょう。妹さんは未成年ではないのだし、アンリ先生は一時的に保護責任者の代役をしているだけですから」

杏里は再び自分の指先に視線を落として、口ごもりながら言った。

「でも、何て言えば？」

佐山は患者に言い聞かせるような口調で淡々と答えた。

「妹さんが今度の受験で合格してもしなくても、そこで一区切りです。アンリ先生が妹さんの面倒を見続けることは『できない』と言っていいです」

「えっ、そうなんですか？」

「そうですよ。あなたが自分を犠牲にしてまで責任を負う必要はありません。妹さんに治療が必要かどうかの問題はご両親が主体となって対処することで、アンリ先生が一人で決めようとしなくていい」

「佐山先生はマリエに治療を受けさせた方がいいと思います？」

佐山は少し考えてから慎重に言葉を選んで言った。

「現段階では、その必要はないでしょう。仮に妹さんが自閉スペクトラム症だったとしてもです。アンリ先生もご存じのように、様々な発達障害を抱えながら、場合によっては本人も気付かないまま、社会の一員として普通に過ごしている人はたくさんいますよ」

「それはわかります。先輩のユカ先生も自身の子供時代はＡＤＨＤ（注意欠如多動性障害）っぽい子だったと言ってました」

佐山の助言に一度は頷いてそう応えた杏里だったが、急に何かのスイッチが入ったように顔を上げると強い意志を込めて言った。

「でも、私は人の痛みを理解できない人間は医者になるべきじゃないと思うし、マリエのようなモンスターが医者になるのは姉として阻止しなければなりません」

すると、佐山は語気を強めて即答した。

「以前にも言いましたが、その考え方はやめた方がいいです」

杏里は不思議そうに訊いた。

「みんな私にそう言うの、どうして？」

佐山は困惑の表情を浮かべて言った。

「僕はアンリ先生のことが心配なんです。その考えを突き詰めていくと、不幸な結論が導き出されるかもしれないから」

今度は目線を合わせて、杏里が質問を重ねた。

「どういう意味？」

　杏里の問い掛けを受け止めた佐山は絡んだ視線を逸らそうとはしなかった。そして、杏里の目を見据えたままはっきりとした口調で言った。

「それは、妹さんの抹殺に繋がる危険をはらんでいるから……です」

　杏里はその言葉を反芻するように数回ゆっくり頷いた。

　そして思った。

『なるほど、そうか、そういうことか……。私の考えはそんなに変なの？　普通じゃないっていうこと？　でも私はマリエを殺したいなんて思ってない。私は正しい。私は間違えてない。みんなどうしてわかってくれないの？』

　矢継ぎ早に浮かんだ疑問の先端が脳に突き刺さり、不快な痛みがじわじわと広がった。数秒間の沈黙の後、杏里は口を開いた。

「佐山先生はいつもそんなふうに患者に言うの？」

　佐山は表情を和らげて答えた。

「とんでもない、患者さんにいきなりそんなことを言うはずないでしょ。そもそも、『自分は統合失調症とか自閉スペクトラム症なんじゃないか』と心配して精神科に来る人の半数以上は正常ですよ。発達障害に関する知識が広まるのは歓迎なんですが、最近はオーバーダイアグノーシス傾向で、世間は何でもかんでも病名をつけたがる」

　佐山の説明をうわのそらで聞き流した杏里はさらに質問を重ねた。

「佐山先生はマリエの発達障害よりも私の精神状態の方がおかしいとでも言いたいの？　私の信じる『正しさ』が時々周りの人と合わないのは、私がパーソナリティ障害（考え方や行動様式が一般人と異なり、仕事や学校で他者との人間関係に問題を生じる）だからとでも言うの？」

「そんなことは言ってないし、僕は君の性格や精神状態について論じるつもりもない、君にパーソナリティ障害があろうとなかろうと……。君は君のままでいいのに、思い切り突っ張ろうとしてる。どうして、もっと素直になって人の意見を聞けないんだ。さっきも言った通り僕は心配なんだよ、君のことが」

　佐山は苛立ちを露わにして投げつけるようにそう答えた。杏里を守りたいという本心から湧き出た言葉であることは明らかだった。しかし、自分の正義だけに傾いた視野狭窄を起こしている杏里は、佐山が乱暴な口調で思わず発した本音に反応できなかった。

　佐山は感情的になってしまったことを繕うように、ゆっくり立ち上がりながら言った。

「もう遅いから解散にしましょう。大学の研究室まで送りますよ」

佐山に促されてコートを羽織った杏里は、自分の手で幕引きをしてしまったことにやっと思い当たった。興奮して佐山を質問攻めにしたことを今更ながら後悔した。こんな後味の悪い会話をするつもりではなかったのに、指摘されたくない痛いところを突かれて反射的に保身に走ったことが失敗だった。

実のところ食事の約束を交わした時点から、今夜は帰らないと決めていた。ところが、『お願い、今夜だけ、ここに泊めて』の一言をどうしても言い出せなかった。そんな自分が惨めで最悪の気分だった。今日、バッグの底に真新しい下着を入れてきたことは永久に秘密にしようと決めた。

佐山は自分のコートを着て玄関ドアの手前に立っていた。杏里は気持ちの整理がつかないまま佐山の後ろにゆっくり歩み寄った。

こうして、自然に二人の間の距離が縮まった瞬間のことだった。背中に杏里の息遣いを感じた佐山が急に振り返った。そして、両手を広げて杏里の身体を優しく包み込むように抱きしめたのである。

驚いた杏里は戸惑いながらも宙に浮いたままの自分の両手に力を入れて応えようと

した。ところが、そのタイミングを逸してしまった。佐山のコートを強く握りしめて溢れる思いを伝える前に、佐山は身体を離してしまったのだ。

それは短い抱擁だった。ほんの僅かな時間だったが、佐山の両腕からは愛おしさが確かに感じられた。これが最初で最後のチャンスかもしれないと直感した杏里は願わずにはいられなかった。

『せめてもう一度……もっと強く私を抱いて』

しかし、佐山は杏里に背を向けるとドアノブに手を掛けて呟いた。

「あぁ、ダメ。これ以上こうしていたらダメです。さあ、行きましょう」

情動に流されまいと抗う佐山の声は少し震えていた。


自制が滲むその言葉は、皮肉にも杏里の敗北感を決定的なものにした。彼女の本能は流されることを欲していたのに、燃え上がりそうになった心身に冷水が注がれて、その欲情と期待を一気に消失させてしまったからだった。つまり、杏里は佐山への好意を弄ばれたと感じてしまったのである。

杏里は10代の頃から恋愛が下手だった。その理由は、相手が存在するにもかかわらず独りよがりのシナリオを描いて、その通りに事が運ぶことを望むからである。場合によっては、意中の人のために我が身を削って尽くすことも愛であるとは考えたこともなかった。この夢物語に登場する理想的な相手とは、『いつか誰かの腕の中で安心して眠りたい』という杏里の憧れを具現化できる人物である。

一方で、この身勝手な妄想世界の主人公は常に自分自身でなければならない。従って、今夜の佐山のように愛情を抱きながらも杏里の望み通りに流されなかった相手はその対象ではないと、手のひら返しでばっさり切り捨てる冷淡さを併せ持っていた。一般に、両想いになった途端、取るに足らないことで瞬時に愛が冷める『蛙化現象』に近い心理である。愛情深いことと情けを欠き残酷になることは一見両極端のように思われるが、人は置かれた状況によってはどちら側へも転がるものなのだ。持論の正当性とプライドを守ることに固執する杏里にとって、豹変は容易いことだったのである。

佐山と別れた杏里は通用口から大学構内に入り、研究室に向かった。暗い廊下を歩いて行くと、研究室には煌々と明かりが点いていた。ドアを開けると、磯村が机に突っ伏しているのが目に飛び込んできた。杏里は磯村に歩み寄り、耳元で囁いた。

「何やってんの？　キーボードに涎垂れてるよ」

「えっ、ヤバ」

慌てて口を拭った磯村に向かって杏里が言った。

「嘘だよ。パソコンが無事で良かったね」

寝ぼけ眼で頭を掻きながら時計を見やった磯村が言った。

「午前2時20分か……。アンリ先生こそ、どうしたんですか、こんな草木も眠る丑三つ時に」

「磯村くん、若いのに落語みたいなこと言うんだ。美女の幽霊じゃなくて悪かったね。飲み会で終電逃しただけだよ。コーヒー飲む？」

杏里がコーヒーメーカーをいじりながらそう問い掛けると、磯村は嬉しそうに頷いて言った。

「このところ当直バイト先の死亡例が結構あって、今までみたいにゆっくり寝かせてもらえないんですよ。おかげで明日のＣＰＣの準備が今になっちゃって」

「へぇー、そうなんだ。あの老人病院は暇で良かったのに、重症患者の入院が増えたのかしら。年末年始はスタッフが減って手薄になることもあって、入院患者を受け入れたがらない病院が多いから、何処かにしわ寄せがきてるのかもね」

「僕はバイトだから病院の事情はよく知りません。とにかく、例の佐山先生が手伝ってくれなかったらもっと大変だったろうと思いますよ」

杏里は佐山の名前に反応したことを悟られないように、無関心を装って訊いた。

「佐山先生は当直でもないのに夜中も院内にいるの？」

磯村は杏里が差し出したコーヒーカップを受け取りながら答えた。

「うん、そうです。僕が呼ばれて病室に行くと、たいてい佐山先生も来ますから。おとといは、僕より先に来てましたよ。さすが『死神くん』ですよね」

コーヒーを一口飲んでから、磯村は少し訝しげな表情を浮かべて続けた。

「実は僕もちょっと変だなと思うことがあるんですよ」

「何が？」

「佐山先生ですよ、ナースステーションの後ろにある重症患者の病室の前をゆっくり歩く佐山先生を何度か見かけたんです。思い過ごしかもしれないけど、何だか怖い顔で病室内を窺っているみたいな感じだったんですよ。だから声は掛けませんでした」

磯村の言葉は3カ月近く前の縊死の件を改めて杏里に思い起こさせた。

『そうだ、あの時も彼は直ぐに現れた。重症患者の病室を見張る行動、死亡退院患者の診察券収集……。やっぱり、あの人は何かおかしい。その秘密を知りたい。はっきりさせなければならない』

今夜、佐山の部屋に泊めてもらえなかったことは、身体を許すつもりになっていた杏里にとっては妄想が空回りする滑稽かつ屈辱的な出来事だった。この自己嫌悪の渦から逃れるためには、嫌な気分を払拭して一新できそうな材料が必要だ。

『あー、ヤダヤダ、コケにされた口惜しさとつまらない心残りを早く消さなくちゃ嫌、今すぐに……』

こうして、杏里の頭の中は自分が拒まれた恥ずかしさを何とか塗り替えたいという焦りでいっぱいになっていた。佐山が杏里の気持ちを察した上で敢えて拒んだ理由について考え巡らせる余裕はなかった。

自身の方が正しく勝っていると納得するためには、相手の方が劣っていることを明らかにすればよい。そのためには、相手の秘密を暴くのが近道であると杏里は考え始めていた。佐山が取るに足らない人物であることを確認できれば、杏里の期待通りにならなかった未練から解放される。つまり、彼が杏里に手を触れようとしなかったことへの失望感を消し去ると同時に報復願望を満たすことができる。正に一石二鳥なのである。この自尊感情への度を越した執着は、三浦が万里江にバカにされたと思い込んだ心の軌跡とほぼ同じ起点を有していることには考え及ぶはずもなかった。

杏里は磯村に真剣な顔を向けて言った。

「ねぇ、磯村くん、次の当直バイトはいつ？」

「どうしたんすか、スゲーおっかない顔してますよ。えーと、次の泊まりは正月2日ですけど……。あぁ、もう来年だ、鬼が笑っちゃう」

磯村の冗談を無視して、杏里が畳み込むように言った。

「その時に、もし重症患者の申し送りがあったら、私に知らせて」

「いいっすよ」

そう答えた磯村は机の上に散らかっていたプレゼン原稿用の文献コピーと添付用の写真を集めて、その上に使い終わったカッターナイフを置いた。その様子を見た杏里はもう一つの心配事を思い出して口にした。

「磯村くんの意見を聞かせてほしいんだけど、パラフィン切片からDNAを抽出するとしたら、最低どのくらいの量が必要だと思う？」

「さぁ、どうかな、専門外ですから……でも、今どきの精度はかなり上がってますから、ごく微量でもいけると思いますよ」

杏里はカッターナイフを指さして訊いた。

「例えばその刃先に付着した肉眼ではわからない程度の量でも？」

磯村は世間話に応えるように軽く笑って言った。

「アンリ先生、なんか『科捜研の女』みたいになってますね。例えばですけど、すごく腐敗していたり布できれいに拭き取られたりしてなければ検出可能でしょう。犯罪捜査での犯人特定や身元不明遺体の確認に使う場合は、ＰＣＲでがんがん増幅して、一致すればそれでＯＫですから」

それから、磯村はカッターナイフを手に取って続けた。

「でも実際はそう単純じゃないらしいです。もし想定される当事者以外のＤＮＡが抽出された場合、それが対象サンプルと一致しなかったりデータベースに照合してヒットしないこともあります。そうなると、抽出されたＤＮＡの持ち主が何処の誰かも見当つきませんから、何の役にも立ちませんよ。ドラマのようなわけにはいきません」

「そうだよね」

杏里はホッとして大きく頷いた。カッターナイフの刃先に付着物があったとしても、万里江のトレーナーに拭き取られた可能性が大きい。後は、これ以上不可解なことが起きないよう祈るしかないと思った。

その後、佐山からの連絡はないまま大晦日が過ぎ、新しい年が始まった。

正月2日の夜10時を過ぎた頃、磯村から杏里の携帯に電話が掛かってきた。

「重症の誤嚥性肺炎で明日まではもたないかもしれない患者がいます」

「わかった、これからそっちに行く」

老人病院の重症患者用病室がある7階病棟当直室に杏里が着くと、困惑した様子の磯村が言った。

「いったい何がはじまるんですか?」

杏里は腕組みをして答えた。

「この病院の患者はお年寄りで、通常は延命処置が行われない場合が多いでしょ。危篤状態になっても駆けつける家族がいないことも珍しくない。だから、患者が死亡した際、ファイナルエピソードの詳細な記録は求められていないわけ」

「それはわかりますけど、アンリ先生は何をしようとしているんですか?」

「確かめたいの」

「確かめるって、何を？」

　杏里は一呼吸おいてから磯村の目を見て言った。

「私はこの病院内の誰かが患者の死に手を貸していると思ってる」

　磯村は大袈裟にのけぞってみせて、首を横に振った。

　それから、真顔に戻って呟いた。

「いやいや、ちょっと待ってください、アンリ先生。それは考えすぎでしょう。もしそれが本当で、誰かが積極的に患者を天国に送っているとしたら、それこそリアル『死神くん』ですよ」

　杏里が頷くと、磯村はハッと思い当たった表情を浮かべて続けた。

「もしかして、佐山先生が怪しいと？」

「うん」

「でも、そんなことをして何のためになるのかな……。理由がわかりませんよ」

「だから、それを確かめたいの。手伝ってくれる？」

「いいですけど……とりあえず、僕は何も起きない方に賭けます。それにしても少年探偵団みたいですね。アンリ先生、子供の頃、青い鳥文庫の『はやみねかおる』の本とか好きだったでしょ」

苦笑した磯村がそう言ったので、杏里は少し口角を上げて一言だけ返した。

「今でも好きよ」

朝までの数時間、二人は手分けをして異変に備えることにした。磯村は当直室から重症患者用病室の出入りを監視し、杏里は佐山の研究室を見張ることになった。1時間ごとに状況を確認し、何事も起きなかったら午前6時に終了することに決めた。

午前2時を過ぎた頃、事態が動いた。

3階にある研究室のドアが開いて佐山が廊下に出てきた。階段から見ていた杏里は、周囲を窺う佐山に見つからないように慌てて身を潜めた。佐山が階段を使う可能性をまったく考えていなかった杏里は壁に張り付くようにして息を殺し、彼がこちらに来ないよう必死に祈った。その数秒後、佐山がエレベーターの前に立った気配がしたので胸をなでおろしたのだった。

エレベーターの扉が開いて閉じた音を聞いた後、杏里は階段から廊下に出た。エレベーターが7階で止まったことを確かめると階段を駆け上った。7階の廊下に出ると、ナースステーションの前で佐山が当直の看護師と何やら言葉を交わしていた。それを横目で見ながら、杏里は忍び足で当直室に滑り込んだ。

磯村は壁にもたれかかって爆睡中だった。杏里は磯村の肩を突っついて目覚めさせてから、急いで人差し指を口に当てて見せて彼が声を発するのを制止した。

磯村が申し訳なさそうに小声で囁いた。

「すみません。寝ちゃってました」

杏里がそれに応えて何か言おうとした時、病室のドアが開く微かな音がした。二人は直ぐに当直室を出て病室に近づいた。ドアのすりガラス越しにこちらの姿が見えてしまわないように、磯村は壁に張り付き杏里はかがみ込んだ。そして、室内の様子を窺うために二人揃って神経を集中して聞き耳を立てた。


病室内ではまったく予期していなかったことが起きていた。

佐山の話し声が聞こえてきた。

「やっと会えましたね」

すると、別の男の声が答えた。

「佐山先生が私を疑っているのは気付いてましたよ。だから、覚悟はしていました、いつかはこの時が来ると」

佐山の他に来訪者がもう一人いることを知った杏里と磯村はお互い顔を見合わせた。

杏里が磯村を指さして眠るジェスチャーを見せると、磯村は平身低頭して見張り役の失敗を詫びる仕草で応えた。

再び佐山の声が言った。

「わかっていたのなら、どうして続けたんですか？　とにかく、もうこんなことはやめてください。終わりにしま……」

そう話して相手を制止しようとしていた佐山の声が唐突に途切れた。

事態が動いたことを察した杏里と磯村は躊躇なく一気にドアを開けた。病室内に勢いよく転がり込んだ二人の目に映ったのは、右手を差し伸べている佐山と対峙する一人の男の姿だった。その男は患者の枕元近くに立っていた。

佐山が再び口を開いた。

「お願いだ、やめてください。相沢さん」

技官の相沢は佐山の呼びかけに応じようとはしなかった。その代わりに佐山から距離をとるように一歩後ずさって向きを変え、ベッドに近寄った。それから、無言のまま両手に握りしめたタオルを患者の顔に押し当てようとした。その瞬間、佐山と磯村がほぼ同時に跳びかかって、両脇から抱えるように相沢を取り押さえた。相沢は抵抗せず、手にしていたタオルを佐山に渡した。

杏里はこの急展開に対応できず、呆然とその様子を見ていた。

ぐったりと床に座り込んだ相沢が呟くように言った。

「私は善意の奉仕をしているだけです。悪いことはしていない……それなのに、どうして止めるんですか？　ほら見てください、この患者はもう間もなく死ぬという状態なのに誰も来ない。本人が延命処置を望まなかったから、看護師はステーションのモニターをチェックするだけで、こと切れるまではやって来ない、みなさん忙しいからね。これじゃ、患者は病院内で孤独死ですよ。せめて早く楽にしてあげようと考えるのが人としての優しさじゃありませんか」

佐山は自分も床に膝を突いて目線を合わせ、落ち着いた声で語り掛けた。

「それは言い訳です、相沢さん。どれほど言葉を尽くして説明しようと、あなたの行為は残り少ない命の炎をただ消しているにすぎない。いいですか、あなたがしようとしていることは、終末期であっても場合によっては殺人にあたる行為です」

相沢は顔を上げて佐山を見つめた。それから、ベッドに目を移した。患者はゼーゼーと不規則な努力呼吸の音を立てて眠っているように見えたが、時々僅かに頭を反らして口をパクパクしていた。再び視線を戻した相沢は懇願するように訴えた。

「違う！　ほら、よく見てください、下顎呼吸ですよ。この患者はもうすぐ死にます。私は孤独の中で死んでいく人の魂に寄り添っているだけです。魂を救うことは正しい、これは正義です。絶対に殺人じゃない。私は優しい人間だ」

佐山は何かを考えるように一度目を閉じた。それから改めて口を開いた。

「相沢さん、思い出してください。あなたは僕に脳や脊髄の標本づくりを丁寧に教えてくれました。だから、あなたが神経病理学の技官として世界でも一流の技術を持っていることを僕は知っています。亡くなった川谷先生は相沢さんのおかげでたくさんの輝かしい業績を残しました。川谷先生は相沢さんの仕事を高く評価していましたよね。それは相沢さんにとっても大切な歴史であり誇りでしょう。今あなたがしようとしていることを知ったら、川谷先生が喜ぶと思いますか？　私は、そうは思いません。もうこれ以上、川谷先生を悲しませるようなことをしちゃいけません」

佐山の目に薄っすらと浮かぶ涙を見た磯村は相沢を押さえつける手を緩め、貰い泣きを隠すように少し鼻をすすった。相沢は座り込んだまま視線を彷徨わせていた。やがて、「良き時代」へ想いを馳せるように呟いた。

「川谷先生は素晴らしい神経病理学者でした。手のひらを超える大きさの脳の大割切片標本を私が作ると、いつもとても喜んでくれました。私が顕微鏡の対物レンズを強拡大にしたままで、細胞の位置関係が分からないほど高倍率の顕微鏡画像を先生にお見せした時も、先生は画面を一目見ただけでそれが脳のどの部分の組織像であるかを言い当てたものでした。黒質とか海馬とかの特徴ある細胞でない限り、普通の病理学者にそんな芸当はできませんよ」

自分の言葉に相槌をうつように頷いて、相沢は続けた。

「そう、先生には凄みがありました。私も先生のリクエストに応えようと一生懸命に仕事しました。でも、そんな時代はもう終わってしまった……。だから、何か役に立つことがしたい、死んでいく人の魂に寄り添ってあげたいと考えることの何処がいけないのでしょうね。私はこうして人助けしているんです。私の善意を認めてほしい……ただそれだけなのに……」

相沢は唇を震わせてそう言って目を閉じた。佐山と磯村は静かに見守っていた。

一方、三人から少し離れた位置に立って見ていた杏里はこの友情ある説得の場面に違和感を覚えていた。患者を手にかけようとした相沢は当然罰せられるべきである。それなのに、佐山は相沢をこのまま許してしまうのではないか……。佐山と相沢の会話を聞いているうちに、そんな懸念が彼女の頭の中に浮上していたのである。

杏里は言った。

「警察に引き渡しましょう」

佐山と磯村は同時に杏里を見た。二人の顔には明らかに驚きの表情が現れていた。磯村が杏里に向かって何か言おうとして口を開いた瞬間、廊下の向こうにあるナースステーションからモニターが発する微かなピーピー音が聞こえてきた。

佐山が言った。

「サチュレーション（血中酸素飽和濃度）が検出限界以下になった音だ」

患者の胸は僅かに上下するだけで、吸気できていないのは明らかだった。その時、ほんの一瞬だけ患者が両目を見開いた。そして約30秒後、呼吸は完全に止まった。佐山が患者の指からパルスオキシメーターを外した。命を終えた患者の指は血の気が完全に失せて蠟燭のように真っ白だった。

「磯村先生、死亡確認よろしくお願いします」

佐山は磯村にそう告げてから相沢に呼びかけた。

「相沢さん、看護師が来る前にここを出ましょう」

それから、ドアの前に棒立ちになっている杏里に向かって言った。

「アンリ先生、道を空けてください。話は後で」

杏里は胸に充満しているモヤモヤ感をどうしたら良いか分からなくなっていた。

思考停止状態の杏里に気付いた磯村が声を掛けた。

「アンリ先生、ヘルプお願いします」

磯村の言葉に促されて、杏里は渋々ドアから離れてベッドサイドに近づいた。すると、佐山は相沢をいざなうようにして杏里とすれ違う形で病室を出て行った。

その直後、当直の看護師が慌ただしく駆けつけて、エンゼルケア（死後処理）の準備を始めた。

ロスト

午前7時、外来が正月休み中の病院ロビーは薄暗く静かだった。利用者がほとんどいない食堂の一角で杏里と磯村はコーヒーを飲んでいた。砂糖たっぷりのドーナツを一口かじって、磯村がおどけた表情を浮かべて満足げに言った。

「うーん、血糖値がバリバリ音を立てて上がっていく！　沁みるー！　ねぇ、アンリ先生、結構疲れましたね」

そして、眉間に皺を寄せて考え込んでいる杏里の顔を覗き込むと続けて言った。

「僕は佐山先生に任せた方がいいと思いますよ。あの患者さんは誤嚥性肺炎による呼吸不全で亡くなった、病死です。僕たちはバイトなんだし、事件は起きなかったのだから、もういいじゃないですか。少年探偵団は解散です」

杏里は難しい表情のままコーヒーを一口飲んでから応えた。

「私は納得できないなぁ。だって、私たちが止めなかったら、相沢さんは患者の呼吸を止めて命を終わりにしていた。それが成功していたら殺人だよ。それなのに全部なかったことにするの？　どうして？」

「また、アンリ先生の『納得できない』が始まった」

　笑いながらそう言った磯村は真顔になって続けた。

「実際、僕たちが相沢さんを止めた。でも、患者は意識が戻ることなく亡くなりました。どっちでも結果は同じだった。つまり、あの患者の最期の数分間に相沢さんが関与してもしなくても、患者はそのことを知らずに亡くなったでしょう。これって罪になるんですかね。僕には相沢さんの言うこともわかるような気がするんです。はっきり言って、僕たちは死亡確認して時刻を記録するだけですよ。こんなふうに誰にも看取られない老人の孤独死が病院内でも起こる……それが現実なんです。とにかく、アンリ先生はちょっと厳しすぎませんか」

「磯村くん、大人になったね。この前、ドリンクヨーグルトの件を通報するかどうかで言い争いになった時にも思ったけど、磯村くんはやっぱり臨床医だわ。でも、理解はできても譲れない線があるのよ」

　杏里は小さくため息をついて続けた。

「そうは言ってもねぇ、自分でもよくわかってる……。私のこと、みんながめんどくさい奴だと思ってる。私は正義だと信じて行動しているのに、反対されちゃう。どうしてこうなっちゃうのかな。何が違うんだろう？」

うなだれた様子でそう応えた杏里を気遣うように、磯村が言った。

「大丈夫、気にしなくていいっすよ。基礎研究の分野ではアンリ先生のように真っすぐな人が絶対必要なんですから。研究データが情に流されて変わっちゃうようだったら困りますからね。それに、今はインパクトファクターで順位付けされる現状に振り回されて、その気になればいくらでもデータを捏造できちゃう時代ですから、研究は地味でも誠実で正確でなくちゃいけません。だから、真っすぐで頑固なアンリ先生は研究者にすごく向いていると思います」

磯村はドーナツの残りを口に放り込んで、指先の砂糖を払い落としながら言った。

「この頃、僕はこう考えることにしているんです。研究では白黒を明確にすることが基本ですけど、臨床には確実にグレーが存在すると……」

そこへ、コーヒーカップを手にした佐山が現れて二人に合流した。椅子に腰かけた佐山がコーヒーを一口飲むのを待って、磯村が訊いた。

「相沢さんは？」

コーヒーをもう一口飲んでから、佐山は淡々と答えた。

「研究室の片付けが済んだら群馬に帰るそうです。退職届は僕が預かりました。後で病院長に渡します」

　磯村はホッとしたように笑みを浮かべて言った。

「佐山先生は以前から相沢さんを見張っていたんですね。実は、アンリ先生と僕は佐山先生が本物の死神なんじゃないかって疑っていたんですよ」

「さっき、二人揃って病室に跳び込んでこられたんで、大方そんなところだろうと思いましたよ。でも、これで僕の容疑は晴れたんですよね」

　佐山は潔白を示すように軽く両手を広げてそう応えた。すると、それまで黙って聞いていた杏里が硬い表情を崩さないまま佐山に言った。

「去年の秋、患者の縊死が起こったあの晩も佐山先生は7階にいましたよね。あの日、危険な状態の患者はゼロで、相沢さんが現れる可能性は低かった。それでも佐山先生は直ぐに来て自分のスマホで現場写真を撮った。準備が良すぎませんか?」

　杏里とは対照的に柔らかな笑みを浮かべた佐山が答えた。

「前にも説明したと思いますが、あの患者は僕の患者でもあったんですよ。自死の兆候があるということで内科から診察を依頼されたのが最初です。何度かカウンセリングをして回復傾向にありましたが、実は心配だったんです。あの患者のように、うつ症状が少し良くなってきた段階では一番注意が必要だからです。でも、結果的には間に合いませんでした……。僕としては残念です」

佐山の説明を聞いて、磯村は何度も頷いた。しかし、杏里は鋭い視線を佐山に向けて言い放った。

「私、佐山先生が死亡退院患者の診察券を集めているの見つけちゃったんです。それって変ですよ、普通じゃありませんよね。あんなことをするのは何故？」

杏里と佐山の会話が始まってから聞き役に回っていた磯村の口がポカンと開いた。

佐山は表情を変えることなく静かな語り口で答えた。

「なるほど、それはアンリ先生がＣＪ病の話を聞くために研究室にいらした時のことですね。僕が先に部屋を出た後、アンリ先生はデスクの引き出しを開けた。そしてそこにあった診察券が死亡患者のものであることに気付いたというわけだ。さすが優れた洞察力ですね。僕は構いませんよ。やましいことはしていませんから、最初から見せてほしいって言ってくれればよかったのに……、それにしても、まるで探偵ごっこですね」

「僕も同じことを言ったんですけどね……」

そう磯村が合いの手を入れたが、二人に無視されて引き下がった。

　佐山が続けた。

「これじゃ、なんだか尋問されているみたいだ。それでは正直に言いますよ、いいですか、よく聞いてください。僕が診察券を持っていた理由なんてありません。本当に無いんです」

　杏里は即座に反論した。

「そんなの信じられません。信じられるわけがない。全然納得できません」

　佐山は辛抱強く語り掛けた。

「人は誰でもこだわりやクセを持っているものです。アンリ先生もそうでしょう。僕の場合は、『支えてあげられなかった』『助けられなかった』自分への戒めみたいなものです、上から目線だと批判されるかもしれませんがね。そして、最近この病院で人生を終えた人たちの診察券を見ているうちに、いくつかの共通項が浮かんできました。独居老人で駆けつける家族が近くにはいないこと、延命処置を望んでいないこと、重篤化してから死亡までの時間が短いこと、等々です。これらが僕を相沢さんへと導いてくれました」

　宙に止まっていた杏里の目線が動いた。佐山の話に興味を持ったのだ。二人のこのやり取りを『まるで痴話げんかだ』と思いながら聞いていた磯村が腰を浮かせて言った。

「なんだか僕がいるとお邪魔みたいだから、そろそろ失礼しよっかなぁ」

「待って、まだ行かないで」

意外なことに、磯村を引き留めたのは佐山の方だった。磯村が座り直すと、佐山は再び話し出した。

「川谷先生が亡くなってから、相沢さんに仕事は回らなくなりました。先生から特別扱いされていたおかげで、他の技官からは良く思われていませんでしたから、干されてしまったんです」

佐山は考え込むように間をとってから、また続けた。

「その後、病棟7階の廊下やナースステーションに出入りする相沢さんを見かけるようになりました。それが重症患者の死亡日に近いことに気付いたんです。重症患者情報は病理にも通知されますし、相沢さんはナースステーションでさらに詳細な情報を得ていたと思われます。もしかすると、自死を望んでいる患者に洗濯物用のロープを差し入れることだってできたでしょう」

杏里は不満げに言った。

「どれも状況証拠でしょ」

「そう、だから、相沢さんが実行するのを取り押さえようと考えたわけです」

佐山がそう答えると、杏里は毅然とした口調で言い返した。

「わかりました。でも、相沢さん自身が認めているように、患者を殺そうとしていたのは事実です。警察に引き渡すのが筋でしょ」

「それも一つの考え方です。否定はしません。ですが、僕は相沢さんを信じたいと思います。この件はこれで終わりです」

そう結論付けた佐山は一呼吸おいて言った。

「ところで、アンリ先生、妹さんはその後お元気ですか？」

それは突然の話題変更だった。

二人の会話を我慢強く聞いていた磯村は佐山が何らかの意図をもって万里江に関する質問を発したことを察した。何故なら、杏里の顔がみるみるうちに血色を失い表情が強張ったからである。全身に現れた小刻みの震えが尋常ではなく、動揺の激しさを示していた。

杏里はこぶしを握りしめ、唇を真一文字に固く閉じて返事をしなかった。

佐山はもう一度訊いた。

「答えてください、アンリ先生、妹のマリエさんは今何処ですか？」

それでも杏里は無言だった。佐山は穏やかな表情のまま返答を待っていた。そこには重苦しい空気が漂っていた。磯村はあまりの居心地の悪さに、背景に溶け込んでしまいたいと願った。

やっと杏里が口を開いた。

「どうして私にそんなことを訊くの？」

「アンリ先生にはわかっているはずです。あなたの信念を支えている清廉さを僕はリスペクトしています。それと同時に、その心の奥底に秘めている闇にあなたが苦しんでいることも聞かせてもらいました。ですから、どうか二つの心のせめぎ合いの場所から一刻も早く這い出して……自分を解放して、もっと自由になってください。あなたはあなたのままでいい。僕はあなたの力になりたいだけです」

佐山は杏里のことを、もう『君』と呼ぶことはなかった。それでも、杏里の脳裏には強く抱きしめられた時の胸の温もりが切なく蘇っていた。今はあの夜とは違って、説得の言葉に透ける彼自身の苦悩をもはっきりと感じることができた。

杏里は思った。

『どうしてそんなに親切なの？　私はあなたを貶めようとしたのに……。お願いだから、放っておいて、私に構わないで……これ以上優しくされると、頭がどうにかなってしまいそう。あぁ、もう頑張れないかも……』

するとと佐山が再び問いかけた。

「マリエさんは無事ですか？」

追い込まれた杏里はがっくりと首を垂れて目を閉じた。思い切って口を開くタイミングを計っているように見えた。やがて顔を上げると、ひきつった笑みを浮かべた。

そして、消え入りそうなかすれ声で言った。

「私の負けね……マリエは眠っています」


三人は病院前からタクシーに乗り、川口に向かった。杏里のマンションの前で車を降りると、磯村が言った。

「僕もお邪魔していいんですか？」

直ぐに佐山が振り向いて返事をした。

「お願いします、磯村先生のヘルプが必要になるかもしれませんから」

その表情にただならぬ気配を感じた磯村は了解を示すために一度だけ頷いた。杏里は無言で部屋に向かい、佐山と磯村が後に続いた。３０１号室の鍵を開けて室内に入り、杏里が万里江の部屋の引き戸を開けた。

部屋の中の光景を目にした佐山と磯村は言葉を失った。

布団に寝かされた万里江は身動きせず、虚ろな目で天井を見上げていた。痩せて無表情な顔は若い女性とは思えないくらいやつれていた。血色の失せた皮膚は酷く乾燥して、口元からは泡状の涎が垂れていた。一目で異常と分かる状態だった。

杏里が声を掛けた。

「ただいま、マリエ。佐山先生と磯村くんがお見舞いに来てくれたよ」

万里江は無反応だった。枕元に膝を突いた杏里は、佐山と磯村に向かって事務的な口調で言った。

「ご覧の通り、睡眠と覚醒はありますが、自発運動・発語は無く、完全な無動無言症の状態です」

佐山が哀しそうに天を仰ぐ仕草をした。それから息を吐き出して呟いた。

「まさか……、いつからだ」

杏里は頷いて応えた。

「この状態になったのは数日前から」

その時、我に返った磯村が裏返った声で訊いた。

「アンリ先生、妹さんに何をしたんですか？」

「何もしてないわよ」

「でも、このままにしたら死んじゃいますよ」

そう言って、磯村が応急処置をするため万里江に触れようとした。

すると、杏里がそれを遮るように言った。

「磯村くん待って！　気を付けて、素手で触らない方がいい。ディスポ手袋を使ってちょうだい……そこの紙おむつの袋の上にあるから。ＣＪ病かもしれないのよ」

「えっ！」

驚いた磯村は説明を求めるような視線を佐山に向けた。佐山は自分も手袋をはめながら頷いて言った。

「ＣＪ病、つまりプリオン病のクロイツフェルト・ヤコブ病だ」

佐山と磯村が万里江のバイタルをチェックしてダイニングに戻ると、杏里は放心状態で椅子に座っていた。佐山が言った。

「検査をしないと正確な診断はできません。とにかく検査入院させましょう。磯村先生と一緒に僕からも大学病院に受け入れを頼むことにします。アンリ先生、これはとても重要なことですから、マリエさんの症状を詳しく話してください」

杏里はもう泣かなかった。その代わり、頭の中を整理するように思案顔になった。それから、おもむろに語りだした。

「マリエの様子が少しおかしいことに気付いたのは、三浦の転落事故の頃でした。物が二重に見えると言い出したんです。最初は目の疲れ程度のことだろうと思いました、もともと私には理解し難い妹でしたから。ところが、数日後には食事中に箸をうまく使えなくなったんです。でも私はあまり心配しませんでした。酷い姉でしょ？　マリエのために私がしたことは、箸の代わりにスプーンを渡しただけでした」

杏里は一呼吸して、再び現病歴を淡々と続けた。

「一緒に暮らしていても、なるべく顔を合わせないようにしていましたから、異変に気付くのが遅れたのだと思います。でも、私は見て見ぬふりをしたのかもしれませんね。正確にいつからとは言えませんが、箸を使えないだけでなく、字が上手く書けなくなっているのを見て、これはただ事ではないと思いました」

「その他に麻痺のような症状はありましたか？」

佐山の質問に対して、杏里は頷いて言った。

「ええ、いわゆる小脳症状のような運動失調が見られて、歩行時にふらつくようになりました。ただ、認知症のような症状は見られませんでした。ですから、その時点では脊髄小脳変性症（運動失調を主症状とする神経変性疾患の総称）みたいな病気かもしれないと考えました」

「ミオクローヌス症状（自分の意志とは無関係に起こる不随意運動）はありましたか？」

佐山がそう問いかけると、杏里は少し考え込んでから答えた。

「生理的範囲のものではないミオクローヌスということでしたら、パーキンソン病のような症状は初期にあったように思います」

するとと磯村が言いにくそうに口ごもりながら言った。

「せめてその段階で入院させていれば……」

杏里は磯村に笑みを見せて応えた。

「その通りね。でも、信じられないでしょうけど、これらの症状が日々刻々とものすごいスピードで進行したのよ。有り得ないことが目の前で現実に起きた。そして、無動無言になったの」

杏里の話に耳を傾けていた佐山が眉間に皺を寄せて言った。

「アンリ先生の話から、数々の神経症状が異常なスピードで進行していったことがわかります。これらの症状は大脳皮質、錐体路系、錐体外路系すべての破壊が進んでいることを示しています。残念ながら、これらはＣＪ病に見られる典型的な症状です。脳波検査に特徴的所見が出て、ＭＲＩ検査で大脳皮質に海綿状変化が認められれば、おそらくＣＪ病と診断されるだろうと思います」

磯村は納得がいかない様子で、再び口をはさんだ。

「だったら尚さらですよ、アンリ先生はこうなる前に僕たちに相談して妹さんを入院させるべきだった。そうじゃありませんか？」

佐山は首を横に振って応えた。

「磯村先生の意見は臨床医として正しいと思いますよ。でもそれは『他の病気ならば』です。はっきりしているのは、ＣＪ病の治療法はないということ、そして発症後数カ月で死に至ります。脳全体がなす術もなく壊れていく病気なんです。従って、医療者側の感染防御のためにも、患者の年齢に関係なく、終末期の延命処置は行わないのが普通なんですよ。だから、アンリ先生は自分が看取ることにした……そうですよね」

杏里は深く頷いて言った。

「マリエは発語がなくなる少し前にこんなことを言ってました。『身体が壊れてグズグズに崩れていくみたいな感じがする』って。でも私に『助けて』とは言いませんでした。どう思っていたんでしょうね。私のことが嫌いだったのかしら、私がマリエを嫌いだったように……」

それから、杏里は不思議そうに首をかしげて佐山に訊いた。

「佐山先生はどうしてわかったの？　マリエがこんなことになっているなんて、私は誰にも言ってないのに、何故知っていたの？」

佐山は困惑の表情を浮かべて答えた。

「知っていたわけじゃありません。アンリ先生からマリエさんの話を初めて聞いた時には、姉妹の間に確執があるという程度の認識でした。ところが、ストーカー被害辺りからアンリ先生のマリエさんに対する態度が変わり始めました」

「そうなの？　自分ではそんなふうに考えたことないのに……」

まだ得心がいかない様子の杏里に向かって、佐山が言った。

「突出して現れたのはマリエさんへの嫌悪です。負の感情が無意識下で膨張を続けた結果、ついに表出した妹さんへの敵意を持て余すようになったアンリ先生は、自身の内なる悪を正当化させせようとして焦っているように僕には見えました」

杏里は自分の手を眺めながら頷いて言った。

「認めたくないけど、確かにそうかもしれませんね。姉としての責任と言いながら、何処かで妹の不幸な帰結を望んでいたような気がします。でも、その気持ちは最初からです。マリエがＣＪ脳のパラフィンブロックを勝手に削り取った時からずっとありました、罰を受けるべきだと……」

それから、顔を上げてきっぱりと言いきった。

「マリエは犯した罪の報いを受けることになった……、それだけです。私はそう思っています」

そして、佐山に尋ねた。

「佐山先生はマリエがあのパラフィンブロックから感染したのだと思いますか?」

佐山は暫く考えてから慎重に答えた。

「この状況を考慮するなら可能性はあると思います。しかし、因果関係を証明するのは無理です。何故なら、前にも話した通り、何らかのルートで体内に入ったプリオンが脳を破壊するメカニズムはまだ完全には解明されていませんから」

それから、困ったような表情で額に手を当てて続けた。

「仮にそのパラフィンブロックが原因だったとすると、感染から約2カ月半で重篤な無動無言症に至ったことになります。潜伏期間の短い医原性CJ病と同じ経過を辿ったとしてもかなりなスピードです。ただし、全脳型CJ病の場合は急速に進行して2カ月程で無動無言症に陥ると川谷先生から聞いたことがありますから、有り得ないこととは言えません。でも、僕自身はこれほどの短期間で進行した例を知りません。一方で、100万人に一人と言われる孤発性単発例の可能性も否定はできません。難しいですね」

するると、磯村がまったく別の疑問を口にした。

「もし、ちょっとした悪戯のつもりで感染の危険がある物質を削って誰かに食べさせようとしたのなら、自分が感染してしまったことに気付いたマリエさんはその行為をすごく後悔しただろうと思うんですよね。それとも、別に理由があって最初から自分がわざと食べたとか考えられないかな……」

「何のために？　マリエはとても利口な子なの。自分から感染するなんて、そんなバカなことするはずないよ。考えられない！」

杏里が鼻白んでそう言うと、磯村は反論した。

「でも、その『考えられない』ことが実際に起きたのだから、マリエさんが何かに悩んでいたんじゃないかとか、苦しんでいたんじゃないかとか、家族なら思い巡らすものでしょ。そこんとこ、アンリ先生は意外にドライですよね。こんなになっちゃったマリエさんが可哀そうだとは思わないんですか？」

杏里はハッとして顔を上げた。雷に打たれたような気がした。言われてみれば、万里江の心理は常人には理解し難いものとして早々に諦めて、彼女の本音を知りたいとは考えたこともなかった。磯村が何気なく口にした「可哀そう」という言葉が胸に深く突き刺さった。その瞬間の疼きは眩暈を感じるほどの衝撃で杏里を絶句させたのだった。

茫然としてしまった杏里を慰めるように佐山が言った。

「今となっては、真相は藪の中だ。憶測で議論するのはやめましょう。いずれにしても、マリエさんに残された時間はそう長くはないと思います」

1月半ば、研究室に由香がぶらりと入ってきて室内を見渡すと、磯村に訊いた。

「アンリ先生は元気にしてる？」

「いつもと変わらないっす。今は教授室ですよ。たぶん論文の打ち合わせでしょう」

「ふぅん」

由香はつまらなそうにそう言って一度は部屋から出て行きかけたが、再び戻ってきて磯村に話しかけた。

「ねえ、新型コロナ感染がいよいよ日本国内初症例だってニュースで言ってたけどさ、たぶんもう潜在的に拡がってるよね」

「僕もそう思います。SARSやMARSの時は運良く免れることができたけど、今度はそう上手くはいかないでしょう、水際作戦がザルですからね。日本にはワクチンも治療薬もまだありませんから、感染爆発状態になるのは時間の問題です。インフルみたいに簡易抗原検査で判定できるようなキットの開発もこれからですしね」

磯村は手に持っていた読みかけの文献をデスクに置いて続けた。

「これがもし戦争だったとしたら、今僕たちが置かれているのはレーダーも武器も弾薬もない絶望的な状況です。だから、先ずは新型コロナのRNAウイルスを唯一検出できるPCRの器械と適切なプライマーを確保しておかないと、間もなく世界中で争奪戦が始まると思いますよ」

磯村が丁寧にそう応えると、由香は嬉しそうに椅子を引き寄せて座った。そして、本当は最初に聞きたかった万里江の病状について尋ねた。

「だよね。ところで磯村くんはアンリ先生の妹さんが入院する時に付き添ったんでしょ。その後どうなってるか知ってる？　ここ数日、彼女からは連絡ないし、こっちからはあんまりしつこく訊けなくてさ……」

磯村は由香に向き合うと声のトーンを少し落として話し出した。

「実は僕も詳しくは知らないんです。うちの病院に運んで、CJ病が強く疑われるとなった時点で学内に箝口令が敷かれました。翌日には長野からお父さんが迎えに来て、マリエさんは実家に近い佐久の病院に搬送されました。ですから、ここは正月明けにはいつもと変わらない風景に戻りました。何もなかったみたいに……」

それから、磯村は一呼吸おいて呟くように続けた。

「でも、1月3日の朝に僕が佐山先生と一緒にマリエさんを診た時の印象では、何もしなければあと数日しかもたないだろうっていう感じでした。たった2カ月かそこらの間に、若くて健康だった人間があんな風に変わり果ててしまうなんて、ここだけの話、まるでホラーですよ。あの日のマリエさんの見た目を思い出しただけで、ゾッとしちゃう。それを誰にも知らせないで世話し続けていたアンリ先生も精神的に相当ヤバかったんじゃないかな。僕だったら絶対無理っす」

「そうだね」

頷いた由香は何か言いたげな表情だったが思い直して、その一言だけを返して立ち上がった。それから椅子を元に戻して、ドアの方へと歩き出した。

その背中に向かって磯村が呼びかけた。

「ユカ先生、何か用だったんでしょ、アンリ先生に何て伝えますか？」

「いいや、じゃまたね」

由香は振り返らずにそう言って、右手を軽く振っただけだった。


杏里の日常も万里江が現れる前に戻っていた。業者に依頼して、万里江が使っていた部屋を中心に徹底的なクリーニングと消毒をした。万里江の衣類と布団は捨てた。そして、科捜研には回されずに警察から返されてきた「災厄の起点となったカッターナイフ」も処分した。

これですべてが片付いた。

それから、青い鳥文庫を元通りに本棚に並べた。きれいに揃った背表紙を眺めて、満足感に浸った。さりとて、この部屋を再び寝室として使う気にはなれなかったので、シーズンオフの衣類や家電などの荷物を運び込んだ。結局、一番いい角部屋が物置になろうとしている現状を見て、杏里は一人苦笑いした。それほど『万里江の痕跡を消したい』気持ちが強かったのである。

それ故に、理由が何であろうと万里江がいなくなったことは杏里の幸せを意味していた。しかし、周囲の仲間からの助言がまったく耳に残っていないわけではなかった。特に、磯村の「マリエさんが可哀そう」という言葉は今も胸に刺さり続けていた。一方で、杏里の頭の中では「誰が何と言おうと、可哀そうなのは、今までずっと振り回されてきた私の方だ」との思いが勝っていた。万里江が間もなく死を迎えることを分かっていても、別に悲しいとは感じられない自分がそこにいた。それでも、姉として妹を看取る覚悟で真剣に世話をしていたのだから、何ら悔やむことはないと考えていた。

万里江が佐久の病院に移された数日後、杏里は佐山に万里江の転院報告と入院時の礼を述べるために老人病院を訪ねた。二人は食堂に行き、自販機でコーヒーを買って空いているテーブルに着いた。午後の食堂はあの日とは違って明るく賑わっていたが、二人が交わす言葉は少なめで、会話は途切れがちだった。

　佐山が言った。

「そうですか、ご両親がマリエさんを引き受けてくれたのなら、それが良かったです。とりあえず肩の荷が下りましたね」

「ええ、まあ、そんなところです」

　杏里は曖昧にそう答えたまま、コーヒーカップをじっと見つめていた。

　佐山が控えめに言葉をかけた。

「何か気になることでも？」

　杏里は佐山と目を合わせなかった。心の奥底まで読まれてしまいそうで、面と向かい合うのが怖かったのである。無言の数秒間が過ぎてから、視線をコーヒーカップに落としたまま言った。

「マリエのＣＪ病発症は、プリオンを多量に含んでいる危険なパラフィンブロックを自室に置いていた私に責任があるかもしれないと思っています。それを両親に話すべきなのか迷っています」

「繰り返しになりますが、その因果関係を証明することはできません。ですから、敢えて告白する必要はないと思います。それでも、アンリ先生がご両親に話すことで気分が楽になるのなら、それもありかもしれませんね」

杏里は素直に頷いた。期待通りにならなかった佐山に腹を立てて、どうにかして仕返ししてやろうと策を巡らせていた自分を思い出すと恥ずかしかった。今は虚勢を張る力が抜けた分、あの時よりはましな人間になれたような気がしていた。

「短い間に思いもよらなかったことが次々に起きて……今、妹が死にかかっているのに、私、全然心配じゃないし悲しくないんです。不思議でしょ、変ですよね。何だかすごく悪い人間になったような気がしています。自分は間違えていないと思っていたけど、どうすればよかったのかわからなくなりました」

佐山は杏里の独白のような呟きを黙って聞いていた。そして、杏里が冷めたコーヒーを一口飲むのを待ってから話し出した。

「突然いくつもの困難にぶち当たったら、誰だって混乱しますよ。アンリ先生は何事もきっちり辻褄を合わせようとするから苦しくなるんでしょう。簡単に忘れるわけにはいかなくても、ある程度は日常に流されてみるのもありだと思います。どうですか?」

杏里は思った。

『身も心も流されたいと望んだ晩に、それを止めたのはそっちじゃないか』

その出来事さえ、今となっては過去の小さな点である。杏里はやっと聞き取れるくらいの声で答えた。

「佐山先生はズルいです」

「えっ？」

「べつに、何でもないです」

佐山は話題を変えようとして、仕切り直しをするように一度咳払いをしてから言った。

「さて、ＣＪ病の話ですが、ＢＳＥ（牛海綿状脳症または狂牛病）の発生が世界中で注目されてから20年以上が経過しました。今、世間ではそんな騒ぎがあったことも忘れられています。でもプリオンがなくなったわけではありません。ウイルスや細菌の場合はワクチンで免疫力を高めて感染防御することも可能なのに、プリオンの感染性を防ぐ手段はまだ見つかっていません。現在までに約２００例のＣＪ病症例が報告されていますが、本当は発見されずに見過ごされているだけで、実際にはもっと多いかもしれません」

佐山は残りのコーヒーを飲み干して続けた。

「歴史を振り返ってみると、人類は感染症と戦い続けてきました。そして現在、世界の大国による覇権競争は海の底から宇宙にまで及んでいます。ご存じのように、火星から持ち帰ったサンプルにアミノ酸が見つかったり他の惑星に水の存在が示唆されたりしています。ですから、探査作業に伴って未知のプリオンみたいな感染粒子が新たに地球上に持ち込まれる可能性だってゼロとは言えません。今のところ誰も心配していないみたいですが、これはSF小説の話じゃなくて現実に存在する懸念です。そんなことが起きないように祈るくらいしか我々にできることはありません」

杏里はつまらなそうに訊いた。

「何故、私にそんな話をするの？」

佐山は少し困った表情を浮かべて答えた。

「つまりですね、マリエさんはただ運が悪かっただけと考えることもできますよ……と言いたかっただけです」

「佐山先生、さっきの私より、もっと『イカれちゃってる』こと言ってません？」

杏里は初めて微笑んだ。そして、空になったコーヒーカップを手に立ち上がり、軽く会釈して言った。

「いろいろありがとうございました。失礼します」

杏里は再会を熱望する気持ちを口には出さないままその場を離れた。彼女に何故それができたのかと言うと、佐山も同じ思いでいるであろうことを今度こそ信じられそうな気がしたからだった。

佐山は杏里の後ろ姿を見送りながら苦笑いして呟いた。

「ズルいのは、そっちじゃないか……」


その夜、実家の母から電話が掛かってきた。

「今夜になりそう」

「うん」

杏里が素っ気なくそう言うと、母は初めて謝罪を口にした。

「アンリには悪かったと思ってる。マリエのこと押し付けちゃってごめんね。今夜これから、こっちまでお別れに来る？」

「行かない」

「そうか……、アンリはマリエのために大変なことに巻き込まれたと思っているんだろうから、わざわざ来たくないよね。実はパパがね、人が変わったみたいに診療が終わると病院に行って、毎晩マリエに付き添ってるのよ」

「ふぅん、偉そうにしてるばかりで、私たちに父親らしいこと何もしてくれなかったから、罪滅ぼしのつもり？」

「そんなこと言わないでよ。アンリだって、ちゃんとした教育を受けさせてもらったでしょ。パパはそういう人なのよ、本当はアンリが病理の研究職を目指して大学院に進んだことだって喜んでいるし自慢にしているの。だから余計にマリエのことが哀れで仕方ないみたい。それにしても、マリエが罹ったのは１００万人に一人っていう珍しい病気なんだってね。宝くじだったら良かったのに」

母は万旦江が運悪く孤発性のＣＪ病を発症したものと信じている。佐山が言っていた通りだと思いながらも、杏里は胸の疼きを覚えていた。

「うん……、あの……」

しかし、杏里が何か言う前に母は昔話を始めた。

「この数日、あなたたちの小さかった頃のこととかね、パパと二人でたくさん話したのよ。アンリは手がかからない子だった。でも、マリエはあんなふうだから仲良くしてくれる友達なんていないし、小学校から高校までの間、いつも凄くいじめられてね」

「そーなんだ、全然知らなかった」

「アンリは7歳離れてるからね。パパとママもアンリには聞かせないようにしていたし、知らなかったと思う。いじめる子はマリエのことを無視して仲間はずれにするだけじゃなくて、上履きの中に接着剤をしぼり入れたり、体育の時間に服を隠したり……、ありとあらゆる嫌なことをされた。マリエはね、本当は平気じゃなかったんだろうけど、一方的にやられっぱなしだった。何も言わないあの子が痛々しくてみていられなかったのよ。だから、ママはできるだけあの子に付いて行って、筆箱やノートを取られたら直ぐ補給していたの。はたから見たら過保護な母親だと思われたでしょうね」

　杏里は万里江が学校でいじめを受けていたことを本当に知らなかったし、万里江本人からも一度も聞いたことがなかった。それだけに、今になって当時起こっていた事実を聞かされた杏里は強く憤った。

『もしも私がその時にいじめの話を知ったら、マリエをいじめた子らをただでは済まさなかった、絶対に……』

　間違いは正されなければならない。それは、杏里にとって万里江を救うよりも重大なポイントだった。杏里は母にかみついた。

「マリエがいじめられてるって、どうして私に言ってくれなかったの？　私だって何かできたかもしれないのに」

「そうだね……」

　母の曖昧な返事を聞いて、杏里は自分がずっと守られてきたことに初めて気が付いた。両親は妹の方を可愛がっていると勝手に理解して斜に構えていた少女時代が胸に蘇った。あの頃の杏里は愛されていなかったのではなく、母がトラブルから遠ざけてくれていたことに思い当たった。頭の中を一陣の風が吹き抜け、記憶の断片がざわざわと揺れた。

　母が言った。

「マリエが入試に失敗した時、パパとママは言ったの『医学部にこだわらなくてもいいじゃないか』って。他にやりたいことがあるなら、無理してまで医者になる必要はないってね。自分の気持ちを大切にしてほしいと思ったから」

「ふぅん」

「でも、マリエは珍しくはっきり言ったのよ『ワタシはお姉ちゃんみたいになりたい』って。あの子、アンリから嫌われてるってわかっていたみたい。それでも、アンリのことが大好きだったのよね」

『お姉ちゃんみたいになりたい』

　その言葉を聞いた瞬間、スマホを持つ手の指先に静電気が生じたような痛みが走り、全身に鳥肌が立つのを感じた。急に息が苦しくなり、吐き気がして、涙が溢れて頬に止めどなく流れた。

『嘘でしょ？　信じられない。マリエが私のことを好き？　そんなふうに思っていたなんて全然知らなかった。どうして言ってくれなかったの、直接言ってくれなきゃわからないよ。本当はマリエの態度が私の期待と違うことが気に入らなかった。マリエは私の物差しに当てはまらなかったから排除したかった。それでも私のことが好きだった？　あぁ、どうしよう。マリエが私を追い越そうとしているとばかり思ってた。もしかして、私は間違えたの？　マリエのこと嫌いで、ごめんなさい……、ごめんなさい』

　これまでの杏里は万里江に愛情と呼べるような感情があるとは考えたこともなかった。妹は無情の人であると決めつけて、受け入れることを拒絶していたのは自分の方だったということなのか……。佐山から掛けられた言葉「理解者になってあげて、たとえ愛し方がわからなくても」の意味が今になってやっと飲み込めた。

杏里は完全に打ちのめされた。後悔の渦が胸をかき乱した。届くはずのない贖罪の思いを込めて、万里江の面影を記憶の中に辿ろうとした。

そして、『お姉ちゃん』は生まれて初めて妹のために声を上げて泣いた。

翌朝、夜が明ける少し前に母から万里江の死を知らせるＬＩＮＥがあった。

1月末、久しぶりに研究室に立ち寄った由香が杏里に言った。

「いよいよ新型コロナ肺炎患者が増えだしたね。うちの大学でも、これから、感染者の導線確保や隔離に関する会議があるんだってさ。このまま感染が爆発的に拡大したら、歯科病院は閉鎖なんてことになるかも……。なんだか嫌な予感しかしないんだけど、どうなっちゃうのかしらね」

杏里は顕微鏡から顔を上げて応えた。

「新しいウイルスで、感染力とかの詳細な情報が無いのは困りますね。飛沫感染と言っても、もしかして空気感染に近いレベルで拡がるとすると、大変なことになりそうですから。ワクチンが行き渡るまでは自前の免疫力で自己防衛しなくちゃならないみたいです。そう言えば、生化学の教授から聞いたんですけど、ビタミンDが気道粘膜上皮細胞の自然免疫力を高めるっていうデータがあるそうですよ」

「へぇー、ビタミンDってカルシウム代謝調節だけじゃないんだ」

「うん、私たちもお日様に当たる機会が少ないので、気にした方がいいかもしれません。1日に25μgで十分効果あるそうですから、結構安く済みますよ」

「ふぅん、それじゃサプリ買って帰ろうかな」

由香はそう答えてから、声のトーンを落として言った。

「もう大丈夫なの？」

「ええ、私なら、まあまあ大丈夫です」

「妹さんの病理解剖は？」

杏里は首を横に振って言った。

「いいえ。母が絶対に承諾したくないと言っていたし、あの辺にはプリオン病に対応できる施設がありませんから。私もそれでよかったと思っています」

「そうか……、落ち着いたら気晴らしに飲みに行こうって誘いたいところだけど、新型コロナのおかげで大学から会食禁止令が出ちゃうみたいだし、ちょっと先になりそうだね。でも、力になれそうなことがあったら、いつでも遠慮なく言ってよ」

「うん、ありがとう」

由香が立ち去ろうとしているところに、磯村がいつものように両手いっぱいに文献資料を抱えて騒々しくやって来て言った。

「ユカ先生、今日のＣＰＣでアンリ先生が全身性アミロイドーシス症例のプレゼンをするんですよ。一緒に聴きに行きませんか？」

「ごめん、今日はこれから学生の病理実習の用意をしなくちゃならないのよ。また今度、聴かせてもらうね。あー、そうだ、アンリ先生が執刀する時に病理実習の時間を上手く当てはめられたら、希望する学生に病理解剖を見学させてあげたいんだけど……、たぶん10人くらい、いいかな？」

杏里が頷くと由香は軽く手を振って研究室から出て行った。

磯村は自分の荷物をデスクに置いてから杏里に言った。

「ユカ先生、なんだかんだ言って、アンリ先生のこと心配しているんですね」

「うん、そうだね」

そこで、唐突に咳払いをした磯村はやや緊張した面持ちになり、珍しく口ごもりながら言った。

「そうだ！　実はですね、僕もアンリ先生を元気付けたいと思っていろいろ考えたんですよ。それでね、アンリ先生……、あの、そのぅ寄席……えーと落語行きません？」

「えー、落語？　落語って、あの落語？　なんで？」

「ですよねー、興味無しかー、あー、やっぱダメっすか……」

　勇気を奮い起こして誘ったものの、ネガティブな反応を返されて磯村は意気消沈した。すると、杏里が振り向いて言った。

「いいよ。寄席行ってみたい」

　磯村の顔が急に明るくなった。

「えっ、ホントに？」

「うん」

「やったー！」

　弟のような磯村が無邪気に喜ぶ様子を見ているうちに、杏里の心に体温が戻ってきた。胸が温まる心地よさは、硬かった表情をごく自然に柔らかくした。

　磯村が嬉しそうに言った。

「アンリ先生、久しぶりに笑ってくれた」

杏里は後輩の配慮に感謝して応えた。

「ありがとうね、気を遣ってくれて。磯村くん」

磯村は照れを隠すように言った。

「気なんか遣ってませんよ。あぁ、そうだ。昨日チェックしてもらった病理診断レポートにアンリ先生のサインを貰い忘れてました。今、いいですか？」

「いいよ、どれ？」

「ここです」

杏里は磯村から書類を受け取って、署名するためにボールペンを手に取ろうとした。ところが、ペンはクルクルと右手の指の間を滑って床に落ちてしまった。転落するペンの描く軌跡がほんの一瞬だけスローモーションになったような気がして、杏里は思わず見とれていた。

磯村が笑いながら言った。

「アンリ先生、ペンと遊ばないでくださいよ」

「わかった、ペンにはよく言い聞かせておきます」

杏里も笑顔でそう応えて、床に転がったボールペンを拾った。そして、いつもより時間をかけて丁寧に名前を書いた。

返された署名済みの書類をファイルしながら磯村が言った。

「そろそろＣＰＣの時間ですから、会議室に行きますか?」

「そうだね」

立ち上がった杏里は、デスクの上に揃えてあったプレゼン資料とパソコンを抱えた。磯村がさりげなくエスコートするように彼女の手から印刷物を受け取り、二人は語り合いながら研究室を出て行った。

杏里のデスクの端に無造作に残されたペンは、研究室に誰もいなくなった後もその場で微かに揺れていた。

エピローグ

『ヒポクラテスの誓い』は「医神アポロン・アスクレピオス・ヒュギエイア・パナケイアおよびすべての神々に誓う」の冒頭文から始まる。この一節は医療倫理の根幹をギリシャ神への宣誓文として著したもので、歴史的にも有名である（実際には後の時代に成立したものと考えられている）。ヒポクラテスは神話に登場する医神アスクレピオス（アポロンの息子）の子孫と伝えられている。しかし、ヒポクラテス自身は神ではなく、紀元前4世紀に実在した人物であることは哲学者プラトンの著述からも明らかである。

ヒポクラテスは「病気は迷信・呪術や神々の仕業で発生するものではない」と合理的に説いた最初の医師であると考えられている。宣誓文中では、患者に利する治療法を選択し、致死性のある薬は与えず、患者の身分にかかわらず守秘義務を遵守することなどが述べられている。これらの内容は医療に関わるすべての人々が守るべき正義として現代社会においても広く受け継がれている。

一方、プリオン病のクロイツフェルト・ヤコブ病（ＣＪ病）は医学が驚異的スピードで進歩を遂げた現在も治療法が無く、今なお呪われた不治の病の如く恐れられている。この点において、杏里はＣＪ病がヒポクラテスの時代を現代に呼び覚ました病であるかのような感覚を抱いていた。

ＣＪ病は極めてまれな病気であるが、日本では年間数十人から１００人程度発病していると考えられている。患者は50代を中心とする山型の分布をしており、認知症的な症状を示す場合もあることから、アルツハイマー型認知症と診断された症例の中にＣＪ病が含まれている可能性が示唆されている。

脳の海綿状変性を招く異常プリオンは自己増殖することはないが、絶対に消滅することのない最強の感染粒子である。従って、ＣＪ病は人類が対峙する最後の感染症になるかもしれない。しかし、それは自分たちの世代ではなく未来の研究者たちの仕事であると杏里は考えていた。こうして、ＣＪ病に罹患して亡くなった万里江の記憶も徐々に薄れつつあった。

2月末のある日、内科の室橋から久しぶりに剖検依頼があり、杏里と磯村は解剖室に下りた。室橋から臨床経過を聞いた後、執刀医役の杏里が言った。

「学生の見学を入れてもいいかしら？」

「こっちは構いませんよ。塚本も角が取れて教育者っぽくなったな」

杏里は室橋の私語に応えるように微笑んで、磯村に言った。

「ユカ先生に連絡して。シンプルな心筋梗塞だから見学向きだって伝えて」

「了解」

解剖室で杏里が遺体の外表所見を取っているところに、由香が女子学生3名を含む10名ほどの学生を連れて入ってきた。

「こちら病理の塚本先生と磯村先生、邪魔にならないように気を付けて見学するように。皆さんが解剖学実習で勉強したフォルマリン固定済みの献体とは違って、これは病理解剖です。つまり、切れば赤い血が出ますし、内臓はそれなりに臭います。気分が悪くなった場合は速やかに退室してください。いいですね」

学生たちが頷くのを待ってから、杏里が言った。

「ご遺体は67歳の女性。臨床診断は心室中隔破裂を伴う急性心筋梗塞です」

それから時計を見上げて告げた。

「開始時間は午後1時50分。では、始めます」

一礼した後、杏里は大きめのメスを取り上げて遺体の皮膚と皮下組織を一気に切り開いた。胸腔を開けるために肋骨刀を使い始めた時、一人の女子学生が口を押さえてしゃがみこんだ。その様子を見ていた由香が素早く動いて、女子学生の肩を抱きかかえて解剖室から出て行った。見学者たちがざわついたので、杏里は磯村に解剖を続けるよう目で合図して、自分は手を止めて肋骨刀を置いた。

顔を上げて見学者たちに向き合った杏里は一人の男子学生の動きが気になって近づいた。その学生は解剖中の遺体には背を向けて、隣の解剖台の上に並べられた解剖刀（取り出した臓器の割面を観察するために使う刃物）一式に魅せられたように見入っていた。

そして、やにわに手を出してその刀に触れようとした。

杏里は周囲が驚くほどの大声を発して、その学生を叱責した。

「勝手に触らないで！　いいですか、解剖刀はとても危険なものです。昔は切れなくなると研ぎに出していましたが、替刃を使うようになった今は常に切れ味抜群だから、不用意に触れただけでも大怪我をします。とにかく、場合によっては凶器にもなる代物です。従って、まだ素人の学生に使わせるわけにはいきません」

振り返った学生の無表情な顔を見た杏里はただならぬ気配を直感した。彼の眼差しは万里江の冷たい眼光を思い起こさせた。杏里はその空間に漂う殺気に恐怖を覚えた。何故ならば、学生の右手には刃渡り30センチメートルを優に超える脳刀が握られていたのである。

杏里は厳しい口調で言った。

「その脳刀を今直ぐ元の場所に戻しなさい。ここでは感染症の危険だけでなく、今、その手に持っているような解剖器具による事故の危険も防がなくちゃならない、分かりましたか？　ミスは許されません、絶対に。早くそれを置きなさい！」

医療人を目指す学生には生半可な気持ちで病理解剖に立ち会ってほしくないという思いを込めて、杏里は毅然として突き放した言い方をした。数年前、病理解剖を見学した学生が遺体から取り出された臓器を隠れて撮影して、その画像に『キモ』『グロ』とかのタグを付けてＳＮＳにアップした事件が頭に浮かんだからだった。

それから、杏里は緊張の面持ちのまま一分の隙も見せず解剖作業に戻ろうとして踵を返した。そこで彼女が犯した唯一のミスは学生が脳刀を手離すのを見届ける前に背中を向けたことだった。

それは突然に訪れた。

学生は右手のグリップに左手を添える形で脳刀を握り直した。そして、スターウォーズのライトセーバーのように構えると同時に躊躇なく素振りした。既に数歩離れていたものの、長い刃は杏里を捉えた。背後からの一撃は右側頸部を滑るように音も無く撫でた。鋭利な刃が胸鎖乳突筋を裂き、内頸静脈を切断した。この惨状に追い打ちをかけたのは、刃の先端が総頸動脈に達し、動脈壁を傷つけたことだった。

杏里の頸部に一筋の赤い傷が現れた次の瞬間、血液が1メートルの高さに噴き出した。

由香がパニックに陥った他の学生たちを廊下に逃がした。

室橋と解剖助手の技官が脳刀を持った学生を取り押さえようとして跳びかかった。血しぶきに仰天した学生は腰を抜かして座り込み、抵抗することなく脳刀を手から落として呆然としていた。

杏里は解剖室の床の上に膝から静かに崩れ、血だまりの中に仰向けに倒れた。

それと同時に磯村が杏里の右側に駆け寄った。露出している総頸動脈の傷口の心臓側を素早く自分の指で直接つまむようにして強く押さえた。

そして、大声で叫ぶように呼びかけた。

「アンリ先生、頑張って！　必ず助けますから。アンリ先生、聞こえますか？」

徐々に涙声になりながらも、磯村は声を掛け続けた。

「アンリ先生、しっかりして！　諦めちゃダメだ、戻ってきて！」

室橋は救命救急センターとICUに緊急連絡して応援を要請した。続けて、技官に警察への通報と犯人の見張りを託してから杏里の傍らに走り寄って跪いた。

真剣な表情で傷口にガーゼを詰めながら磯村に訊いた。

「脈が弱いな……出血量はどのくらいだと思う？」

磯村は鼻をすすりながら答えた。

「700か800……、直ぐに圧迫したんで、たぶん1000は超えてないと思うんですが、アンリ先生は細身だからギリギリかもしれません」

一般に体重約50キログラムの成人が1000ミリリットルを超える量の血液を急激に失った場合、死に至る可能性が高い。室橋と磯村は杏里が死亡する確率を暗黙の了解事項として共有した。

室橋が言った。

「そうか、早くしないとまずいな」

「はい」

それから、室橋は杏里の左手を握って呼びかけた。

「塚本、塚本、聞こえるか？　今、助けがくる、塚本。いいか、もう直ぐ助けがくるからな、塚本。必ず助ける、頑張れ！」

室橋は磯村を元気付けるために、救いたい思いは皆同じであることが伝わるように敢えて明るく言った。

「あと数分で応援が来るから、それまでしっかり押さえていてくれ。手が痺れても絶対離すなよ。彼女の命を守るためには、これ以上血液を失うわけにはいかないからな」

室橋は改めて傷口を見て続けた。

「気管が無事だったのは運が良かった。もし気道もやられてたら、お手上げだった。とにかく祈ろう。うちの病院には大した医者はいないけど、頼りになる仲間はちゃんといるから大丈夫だ、きっと間に合う」

それから自らに言い聞かせるように呟いた。

「きっと助かる」

数着分の予防衣を抱えて解剖室に戻ってきた由香が杏里の前腕と下腿部に予防衣の布をきつく巻き始めた。出血性ショックに陥るのを回避するためである。由香は忙しく手を動かしながら言った。

「これで時間稼ぎできるかしら、少しでも血圧維持の足しになればいいんだけど……。ここは21世紀の大学病院の中なのに、びっくりするくらいなんにもないんだよね。まるで野戦病院だわ」

当然のことではあるが、通常、解剖室に運ばれてくる患者は既に死亡している。従って救命および延命用器具の備えはないのである。

杏里は無眼界を彷徨っていた。自分では両目を見開いているつもりなのに真っ暗だ。漆黒の闇を見えない目で眺め、これからどうしたものかとぼんやり意識しているようで実は何も考えていなかった。これが無意識界なのだろう。杏里は仏教や他の宗教にはまったく関係のない場所を生きてきた。それなのに、昔、祖父が毎朝唱えていた般若心経の一節を思い出すとは自分でも驚きだった。小さな杏里は門前の小僧よろしく意味も分からないまま丸暗記して遊んでいたものだった。

生きていることが当たり前の世界から消え去ろうとしている中で、浅くても努力せずに呼吸できていることがとても嬉しく、今頃になって幸せを感じていた。声が出せるものなら、アメイジンググレイスを歌いたい気分だった。

そこには、不思議な清々しさに包まれて漂う心地良さがあった。

脳内スクリーンに由香の姿が映し出されて、杏里に話しかけてきた。

「いい機会だから、これからCJ病の研究を本業にしたらどう？」

「とんでもない、嫌ですよ。もう懲りたし、プリオンは専門家に任せます。私は苦しくても生きなくちゃ……、マリエに謝らなくちゃならないことがいっぱいありますから。マリエは私みたいになりたいって思ってくれていたんですって。それなのに私は応えていないんです。だから、これからは妹を大切にしてあげたい。このままじゃお姉ちゃん失格ですからね」

笑いながら、そう答える自分の声が聞こえた。

『あぁ、これは夢だ。私、夢を見ている。夢の中でもいいから、初めからやり直したい……』

杏里はこの魅力的な安寧の空間をずっと漂い続けたいと願った。ところが、せっかく無意識の彼方へと行こうとしているのに、誰かが大声と強い力でそれを阻もうとしている。おかげで激しい悪寒と耐え難いほどの痛みが襲ってきた。

磯村の流した涙が杏里の瞼や唇に落ちた。

杏里は思った。

『あれっ、磯村くん泣いてる。何にも見えないけど、みんなの声、ちゃんと聞こえる。でも、返事ができないの。どうしたら応えられるのかしら……。あぁ、とても寒い。すごく疲れた。このまま眠りたいのに、みんながうるさくて眠れないよ』

杏里の唇が微かに動いた。

それに気付いた室橋が叫ぶように名前を呼んだ。

「塚本？　おい、つかもとー、しっかりしろ」

磯村と由香が同時に反応して、室橋と共に杏里の顔を見た。

驚いた磯村がかすれ声を発した。

「えっ、アンリ先生、笑ってる？」

杏里の口角が僅かに上がって、穏やかな微笑みを浮かべているように見えた。

その数秒後、室橋の手に握られていた杏里の左手がゆっくり滑り落ちた。

磯村は再び泣き出し、由香は無言のまま祈るように両手の指をきつく組んだ。

彼方から廊下を走る複数の足音と近づいてくるストレッチャーのキャスター音が聞こえていた。

終わり

あとがき

現代社会で日々発生する様々な事象に関する報道に接して、私たちの多くは起こった事実やその当事者が真に「正義か悪か」どうかを熟考することなく、自分なりに理解したつもりになって通り過ぎる傾向があります。その際、私たち傍観者は時に「これは罪に問うべき」と強く感じて足を止めることがあります。その基準の一つが「法律」です。こうして、「法律に照らして正しいかどうか」が人の判断を大きく左右します。しかし、「法律」は所詮人間が作った約束事であり完璧ではありません。その解釈は時代に即して微調整され、必要に応じて改変されることもあります。

ここに登場する姉は物事の白黒をはっきりさせないと納得できない真っ直ぐな性格の持ち主で、私たちがそうであるように「自分は正しい」と信じています。一方、自閉スペクトラム症傾向がある妹はいわゆる「善悪」から最も離れた場所に生きています。姉は自分の物差しで測ることのできない妹をありのまま受け入れることができず、どう解釈して接するかについて子供の頃から葛藤を抱えて成長してきました。

物語はクロイツフェルト・ヤコブ病感染疑惑を縦糸として、老人病院で人知れず発生する患者死亡の謎が絡みながら進行します。些細なきっかけから生まれた他者への疑いや負の感情が膨張して抑えられなくなった時、私たちが下す「正義か悪か」の結論は大きく揺らぎ、客観性を失います。そして、ごく普通の人間がその中立を信じて疑わない「正義」は姿を変えて暴走を始めます。その危うい一途さは、やがて「罪」の扉を開くことになるかもしれません。

本書の出版にあたり、ご尽力いただいた文芸社編成企画部の皆さん、そして、より良い仕上がりを目指して努力してくださった編集スタッフの皆さんに心から感謝いたします。

令和六年七月

倉島　知恵理

著者プロフィール

倉島 知恵理（くらしま ちえり）

1955年生まれ、歯科医師、歯学博士。専門は免疫病理学。
埼玉県在住。

■著書
『ストレイランドからの脱出』（2007年　文芸社）
『遥かなる八月に心かがよふ』（2009年　文芸社）
『ダイヤモンドと紙飛行機』（2012年　文芸社）
『ママは子守唄を歌わない』（2017年　文芸社）
『クオリティ オブ デス　心優しき死神たちの物語』
（2020年　文芸社）
『ためしてみたら東大合格　ウソみたいなホントの成長記録』
（岡桃枝名義　2022年　文芸社）

女神の罪

2024年10月15日　初版第1刷発行

著　者　倉島 知恵理
発行者　瓜谷 綱延
発行所　株式会社文芸社
〒160-0022　東京都新宿区新宿1－10－1
電話　03-5369-3060（代表）
03-5369-2299（販売）

印刷所　株式会社暁印刷

ISBN978-4-286-25690-0